我心温柔，却有力量

读者杂志社 编

时代文艺出版社

图书在版编目（CIP）数据

我心温柔，却有力量 / 读者杂志社编．--长春：时代文艺出版社，2018.1

ISBN 978-7-5387-5562-6

Ⅰ．①我… Ⅱ．①读… Ⅲ．①故事－作品集－世界 Ⅳ．①I14

中国版本图书馆CIP数据核字（2017）第240595号

出品人　陈　琛
产品总监　郭力家
出版监制　刘　峰
产品经理　裴向敏
责任编辑　杨　迪
装帧设计　荆棘设计
排版制作　张　月

我心温柔，却有力量

读者杂志社 编

出版发行 / 时代文艺出版社
地址 / 长春市泰来街1825号　时代文艺出版社　邮编 / 130011
总编办 / 0431-86012927　发行部 / 0431-86012957　北京开发部 / 010-63108163
官方微博 / weibo.com / tlapress　天猫旗舰店 / sdwycbsgf.tmall.com
印刷 / 北京市兴怀印刷厂
开本 / 710mm × 1000mm　1 / 16　字数 / 178千字　印张 / 16
版次 / 2018年1月第1版　印次 / 2018年1月第1次印刷　定价 / 38.00元

图书如有印装错误　请寄回印厂调换

既然没有净土，不如静心。既然没有如愿，不如释然。

人总是在失去很多东西的同时，得到更多——关键是我们能否看到。如果看到了，就会被改变，并因之受益一生。

这将是一个孤独的结局——但有些时候，孤独才是最真实的。

你所经历的我也曾经抵达，我正承受的也许甚于你今天所遭遇的。

我们每个人其实都有最合宜的位置，只不过这个位置常常空着，因为大家都忙着找别的东西去了。

生存是我们生活的基础，是我们不得不做的事情。但生活到底是何种滋味，
是由我们自己选择的。

不是每个女子都必须是美女，不是每一种人生都必须幸福，不是每一秒钟都必须平衡，也许，人生本就是从一个平衡跑向另一个平衡的过程。

生活就是如此，当悲剧发生在别人身上时，你总会感到太过残酷和无情。
可当它落到你头上时，无论如何，你也会走下去。

目　　录

此心安处是吾乡

心若向阳，无惧悲伤

孤独，是生命的礼物

心美，一切皆美

苦，才是人生

你心柔软，却有力量

愿你与这世界温暖相拥

此心安处是吾乡

不是把焦点放在明天或后天，也不是明年或十年后，而是把精神集中在“现在”这一刻。

给感到不安的你

〔日〕松浦弥太郎
张富玲　译

去旅行的时候，有些人的行李总是多得惊人。

尽管为雨天准备了折伞，为应付连伞都撑不住的暴风雨准备了雨衣，还带了适合徒步的鞋子和去饭店时要穿的皮鞋，但倘若碰到倾盆大雨的日子，恐怕还需要一双长靴吧？

随着想象无穷无尽地扩散，行李也愈带愈多。

他们大都是在想象自己并不乐于见到的未来。

如果只是去旅行，不管是去国外还是国内，顶多就是在旅行期间提着沉重的行李；但如果走的是人生的旅程，那问题可就严重了。

心灵的行李没有形体，包包并不会因此变重。相反，心灵的行李会增重，渐渐重压在自己身上。

“如果遇到这种情况，我该如何是好？”

对未来感到不安是个棘手的问题，情况不仅会加速恶化，也不会有刹车。

而且和旅行的行李不同，不像“我担心可能下雨，得准备雨伞和长靴”这种程度的问题，因而无法采取简单直接的对策。

但这也是理所当然的，毕竟“未来”可比“国外旅行”覆盖面更广，可能发生的状况更是五花八门。

如果放任不管，心中的不安会渐渐膨胀，一旦生出“我已经走投无路、无计可施”的念头，人很可能就会一屁股坐在地上，一蹶不振了。

人生的行李无法打包周全，不能保证“准确、安全、万事俱备”，因此有些时候，我们甚至可能会想放弃旅行。

换句话说，如果你一味想着“如果遇到这种情况，该如何是好”，任由不安继续膨胀下去，你很可能会落得一个人枯坐原地的下场。

一旦你这么做，孤独感便会宛如迷雾般升起，使你陷入愈发看不见前方道路的窘境。

我觉得那些受困于“对将来感到不安和寂寞”的人，对未来往往有“想太多”的毛病。

我有一个建议，你何不试着换一种思维方式呢？

那就是——只去看那些此时此刻在眼前发生的事，只处理眼前的问题。

不是把焦点放在明天或后天，也不是明年或十年后，而是把精神集中在“现在”这一刻。

假使你已经预测到未来“可能会发生那样的情况”，在事情实际发生前，何不把那些预想都忘掉呢？

只要以这种态度定下基本的思维方式，我想“不安的未来”也将会离你愈来愈远。

三种人生态度

梁漱溟

“人生态度”是指人日常生活的倾向，向深里讲，即入了哲学范围；向粗浅里说，也不难明白。依中国的分法，将人生态度分为“出世”与“入世”两种，但我嫌其笼统，不如三分法较为详尽适中。我们仔细分析：人生态度之深浅、曲折、偏正……各式各种都有，而各时代、各民族、各社会，亦皆有其各种不同之精神，故欲求不笼统，而究竟难免于笼统。我们现在所用之三分法，亦不过是比较适中的办法而已。

按三分法，第一种人生态度，可用“逐求”二字以表示之。此意即谓人于现实生活中逐求不已，如：饮食、宴安、名誉、声、色、货、利等，一面受趣味引诱，一面受问题刺激，颠倒迷离于苦乐中，与其他生物亦无所异。此第一种人生态度（逐求），能够彻底做到家，发挥至最高点者，即为近代之西洋人。他们纯为向外用力，两眼直向前看，逐求于物质享受，其征服自然之威力实甚伟大，最值得令人拍掌称赞。他们并且能将此第一种人生态度理智化，使之成为一套理论——哲学。其可为代表者，是美国杜威之实验主义，他很能细密地寻求出学理的基础来。

第二种人生态度为“厌离”的人生态度。第一种人生态度为人对于物的问题，第三种人生态度为人对于人的问题，此则为人对于自己本身的问题。人与其他动物不同，其他动物全走本能道路，而人则走理智道路，其理智作用特别发达。其最特殊之点，即在回转头来反看自己，此为一切生物之所不及于人者。当人转回头来冷静地观察其生活时，即觉得人生太苦，一方面自己为饮食男女及一切欲望所纠缠，不能不有许多痛苦；而在另一方面，社会上又充满了无限的偏私、嫉忌、仇怨、计较，以及生离死别种种现象，更足使人觉得人生太无意思。如是，乃产生一种厌离人世的人生态度，此态度为人人所同有。世俗之愚夫愚妇皆有此想，因愚夫愚妇亦能回头想，回头想时，便欲厌离。但此种人生态度虽为人人所同具，而所分别者即在程度上深浅之差，只看彻底不彻底，到家不到家而已。此种厌离的人生态度，为许多宗教之所由生。最能发挥到家者，厥为印度人。印度人最奇怪，其整个生活，完全为宗教生活。他们最彻底、最完全，其中最通透者为佛家。

第三种人生态度，可以用“郑重”二字以表示之。郑重的态度，又可分为两层来说：其一，为不反观自己时——向外用力；其二，为回头看自家时——向内用力。未曾回头看而自然有的郑重态度，即儿童之天真烂漫的生活。儿童对其生活，有天然之郑重与天然之不忽略，故谓之天真。真者真切，天者天然，即顺从其生命之自然流行也。于此处我特别提出儿童来说者，因我在此所用之“郑重”一词似太严重，其实并不严重，我之所谓“郑重”，实即自觉地听其生命之自然流行，求其自然合理耳。“郑重”即是将全副精神照顾当下，如儿童之能将其生活放在当下，无前无后，一心一意，绝不知道回头反看，一味听从于生命之自然的发挥，几与向前逐求差不多少，但确有分别。此系言浅一层。

更深而言之，反回头来看生活而郑重生活，这才是真正的郑重。这条路发挥得最到家的，即为中国之儒家。此种人生态度亦甚简单，主要意义即是教人“自觉地尽力去生活”。此话虽平常，但一切儒家之道理尽包含在内，如后来儒家之“寡欲”“节欲”“窒欲”等说，都是要人清楚地自觉地尽力于当下的生活。儒家最反对仰赖于外力之催逼与外边趣味之引诱往前生活。引诱向前生活，为被动的、逐求的，而非为自觉自主的。儒家之所以排斥欲望，即以欲望为逐求的、非自觉的，不是尽力量去生活。此话可以包含一切道理，如“正心诚意”“慎独”“仁义”“忠恕”等，都是以自觉的力量去生活。再如普通所谓“仁至义尽”“心情俱到”等，亦皆此意。

此三种人生态度，每种态度皆有浅深。浅的厌离不能与深的逐求相比。逐求是世俗的路，郑重是道德的路，而厌离则为宗教的路。将此三者排列而为比较，当以逐求态度为较浅，以郑重与厌离两种态度相较，则郑重较难，从逐求态度进步转变到郑重态度自然也可能，但很不容易。普通都是由逐求态度折到厌离态度，从厌离态度再转入郑重态度，宋明之理学家大多如此，所谓出入儒释，都是经过厌离生活，然后重又归来尽力于当下之生活。即以我言，亦恰如此。在我十几岁时，极接近于实利主义，后转入佛家，最后方归于儒家。厌离之情殊为深刻，由是转过来才能尽力于生活；否则便会落于逐求，落于假的尽力。故非心里极干净，无纤毫贪求之念，不能尽力生活。而真的尽力生活，又每在经过厌离之后。

宠辱谁能不动心

南怀瑾

宠，是得意的总表相；辱，是失意的总代号。当一个人在成名、成功的时候，如非平素具有淡泊名利的真修养，一旦得意，便会欣喜若狂，喜极而泣，甚至有所谓得意忘形者。

在清朝科举时代，民间相传一则笑话，便是很好的说明。有一个老童生，每次考试都不中，但已经步入中年了，这一次正好与儿子同科应考。到了放榜的一天，儿子看榜回来，知道已经被录取，赶快回家报喜。他的父亲正好关着门在房里洗澡。儿子敲门大叫说："爸爸，我已考取第 × 名了！"老子在房里一听，便大声呵斥："考取一个秀才，算得了什么，这样沉不住气，大呼小叫！"儿子一听，吓得不敢大叫，便轻轻地说："爸爸，你是第 × 名，考取了！"老子一听，便打开房门，一冲而出，大声呵斥："你为什么不先说！"他忘了自己光着身子，连衣裤都还没穿上呢！这便是"宠为下，得之若惊，失之若惊”的一个写照。

对于势利之交，古人有一特称，叫作“市道之交”。市道，等于商场上的生意买卖，只看是否有利可图。在战国的时候，赵国的名将廉颇，便有过“一贵一贱，交情乃见”的历史经验。如《史记》所载：

> 廉颇之免长平归也，失势之时，故客尽去。及复用为将，客又复至。廉颇曰：“客退矣！”客曰：“吁！君何见之晚也？夫天下以市道交，君有势，我则从君，君无势，则去，此固其理也，有何怨乎！”

廉颇平常所豢养的宾客们的话，一点儿都没有错。天下人与你廉大将军的交往，本来就都是为利害关系而来的，这是世态的当然道理——“君何见之晚也”，你怎么到现在才知道，那未免太迟了一点儿吧！

有关人生的得意与失意，荣宠与羞辱之间的感受，古今中外，在官场、在商场、在情场，都如在剧场一样，是看得最明显的地方。以男女的情场而言，众所周知，唐明皇早先宠爱的梅妃，后来被冷落在长门永巷之中，要想再见皇上一面都不可能。世间多少的痴男怨女，因此一结而不能解脱，于是留下了无数饱含哀艳恋情的文学作品。宋代诗人便有“羡他村落无盐女，不宠无惊过一生”的故作解脱语。无盐是指齐宣王的丑妃无盐君，她历来是丑陋妇女的代名词。

其实，无盐也好，西施也好，不经绚烂，哪里知道平淡的可贵；不经过荣耀，又哪里知道平凡的可爱。这两句名诗，当然是久历风波、遍尝荣华而归于平淡后的感言，从文字的艺术性看来，的确很美，但从人生的实际经验来讲，谁又肯“知足常乐”而甘于淡泊呢！除非生而知之的圣哲，如老子等辈。其次，在人际关系上，诸葛亮曾有一则名言，可以作为人们学习修养的最好座右铭：

> 势利之交，难以经远。士之相知，温不增华，寒不改叶，贯四时而不衰，历夷险而益固。

我带你去取红酒

陶粲明

在西雅图小住的那段日子，偶尔下午回来得晚，懒得回屋做饭了，我就会和 Licht 在公寓酒店一楼的自助餐厅解决晚餐。晚餐通常非常简单，一杯咖啡加几片曲奇，再来一碟蔬菜沙拉，有时候有咖喱味的浓汤，估计在他们看来也算是异国风味了吧。

周四的那个下午，我们从联合湖回来，天色将晚，浑身冰冷，看到热腾腾的餐厅毫不犹豫就进去了。正吃着，Licht 问我："妈妈，你要喝一点儿红酒吗？""啊，好呀。"虽然不胜酒力，但还是喜好这一口："有红酒吗？""喏，那边角落里站着的，她面前有个冰桶，就是等着需要红酒的人过去，她会给你斟上一杯。""哦，太棒了，你去帮妈妈取一杯来，一点儿就好。""我带你去取吧。"他站起来。"为什么要这样？""因为我还不到允许饮酒的年龄呀。"我乖乖跟着他取了红酒杯，在服务生的微笑中倒了半杯红酒。回到桌上慢慢品味的时候，想着现在的孩子，哪里看得出是 18 岁还是 20 岁呢？于是我问 Licht：“刚才如果你去取酒，估计那个服务生也看不出你的年龄。”Licht 很认真地告诉我：“有没有达到饮酒年纪，我自己知道呀。”

其实，我知道这个孩子一定会给我这个答案——我只是想再次确认，一个将规矩视为自觉的孩子，在每一件小事上都有自己的评判标准，他不会因为便利或需要而去破坏规矩。也许，从某种角度上看是不懂得变通，但在一个强调规则的现代社会，这却是最基本的要求。

记得刚来那几天，他放学后我们一起逛街。西雅图的马路并不宽阔，车辆也不是很多，三五步就能走到街的对面。遇到每一个街口的红绿灯，虽然时间不长，但想着几秒就能过去，而且在没有车辆通行的情况下，我总是对闯红灯跃跃欲试；或者，要过到马路对面去，而斑马线却在略显遥远的那一头，我内心趁着没车横穿马路的念头很难打消。但是，Licht 总能看透我，对我说：“不要，这样太没素质了。”他看我对素质的理解跟他有偏差，就开始吓唬我：“你不走斑马线横穿马路，或者闯红灯，在西雅图要是被警察抓着，是要罚款的哟。真的，只有流浪汉才这么干。”有时在寒冷的夜晚，等在几乎无车的街口，我要一再地告诫自己不可以，不能让他看到自己屡教不改，以此来打消闯红灯的想法。

我们去艺术博物馆参观，买票的时候，Licht 告诉售票员自己是学生，于是，我们就买到一张成人票和一张学生票。“她不用看你的证件吗？”我有点儿不明白。“不用，我会说真话，她也会选择相信我。”

我们去 North Face 买外套，刷卡付款时，Licht 突然对营业员说他是学生。营业员说：“好的，9 折。”我奇怪这是什么意思，Licht 指着付款台上的广告，上面印着“学生可享受 9 折优惠”。

我们前一晚买了两颗装饰用的珠子，配 Licht 的手链。第二天，他说细想还是觉得贵了，也不是太喜欢，要去退掉。“啊？那怎么办？昨晚妈妈是用借记卡买的，不是信用卡，退不回卡上。”我跟他到了那家店，他把两粒珠子拿出来递给店员（不是昨晚接待我们的那个店员）说：“我要退货，因为，我不喜欢它们了。”店员检查了珠子没有瑕疵，接过昨晚的付款单，开始在电脑上操作，然后，将一沓美元交给了 Licht——是的，钱不能退回借记卡，就退现金给我们。没有质疑刁难，没有推诿烦躁，就这么简单。

我们去化妆品专卖店看香水，试了又试还是不能确定，Licht 对售卖员说：“我妈妈想试用那款香水，以确定是否适合自己。”售卖员二话不说从抽屉里取了小小的试用瓶，把香水按压了一点儿进去，笑眯眯地递给我。

每当我买了衣服回来，犹疑大小、颜色、质地是否合适时，Licht 就用轻松的口气告诉我：“哦，不合适或不喜欢去退就是。”

这些以前对我来说几乎是不太可能的事情，如今在我眼前自然而然地就发生了。白天 Licht 上学去了，我一个人静静地待在房间或走在清朗微寒的街头，就会去想 Licht 从过于严谨的循规蹈矩中获得了什么。这几年，几乎每年都会听到他说有中国同学被劝退，常常并不是因为成绩不好，而是因为不能很好地遵守规定。比如，一个孩子对学校的禁烟令不当一回事儿，一而再再而三地犯禁，于是，就没有第四次了，对不起，你退学吧；另一个孩子，外出要么不请假、不打招呼，要么晚归，一而再再而三地明知故犯，也被劝退了。

什么是自由？

自由就是在不影响别人、遵守规矩之外，你的思想和行动不受约束——留长发，涂五彩的指甲油，男孩穿裙子出来，女孩穿得像吉卜赛女郎，谈一场未成年的恋爱，找你喜欢做的事去做，甚至成为一个流浪者，都是被允许的。自由还是，在没有人证、物证的情况下，别人会选择相信你。

这样的自由，我想没有人不喜欢，但它的基础是，没有人怀疑我的年纪，而我自己知道未到饮酒年纪就不能去取酒；即便你横穿马路没人看见，没有影响汽车正常行驶，你也肯在寒风里耐心等待几十秒，或多走十几米到斑马线再过去。

对规则自觉地遵守，使年幼的心灵受到应有的指引，是行为教化的必然，也是这个社会人人都应该明白的简单道理。

好吧，带妈妈去取红酒。

向　日　葵

刘梅花

那个村庄，在沙漠里。向日葵呢，都种在沙滩上。我们村的人，都叫它葵花，还不知道它有个名字叫向日葵。

葵花长到和我一样高的时候，就快要开花了。爹说，浇一遍水吧，不然花开不肥。这么一说，我和弟弟就低下头不言语了，我俩都很懒的。爹谄媚地笑着，黄黑枯瘦的笑脸也像葵花一样，跟着我们转，那么饱满。

浇水就要追肥，这简直是一定的。爹拎着铁锹，在每株葵花根底下剜一个小坑，我跟在后头，往小坑里填一把化肥。弟弟扫尾，一脚踢进去土，把土踩实，埋好化肥。弟弟踩得很快，在后面喊着："梅娃子，你快些行不行？"

我也催着让爹快些剜坑。货郎跑得那么快，不是腿脚好，是因为后面被狗撵着。

我跟得紧，葵花硕大的花盘和爹擦肩而过，反弹过来，梆的一下打在我的脑门上，打得我晕头转向。爹一转身，讨好地笑，他知道我动不动就尥蹶子不干活了。明亮的、青灰的、散发着刺鼻气味的化肥，在地里撒了一层，像落了霜。让水随便冲好啦，怎么冲，肥水还都在自家的田里。

水渠里的大水已经哗哗地奔涌来了，像没套上笼头的野马，横冲直撞。水冲进葵花田里，我听见十万葵花咕咚咕咚喝水，直喝得打嗝儿。

浇过水之后，那些化肥，就暗暗催着葵花生长，狗撵着一样。才两三天，葵花就全部开了。

十万葵花开，那花儿像火苗一样扑跃，灼灼地燃烧起来。村庄被花攻陷了，沙漠也被花占领了。上学的路上，路两旁都是葵花拥挤的笑脸。葵花开呀开呀，浑身的劲儿都拿来开花。它们这么高兴干吗呢，龇牙咧嘴的，开得一塌糊涂。

太阳在哪儿，花朵就朝着哪儿。多么神奇的花呀！

我爹坐在田埂上吸烟。他把烟渣子揉碎了，卷在报纸裁成的纸条里，卷好了，慢慢吸着，好像很香甜。一口一口，吐出淡蓝色的烟雾。他看着一地碎金子一样的花，满眼的舒畅，回头说：“丫头，这葵花开美咧！”

我汗流满面地打杈枝。叶腋下偷偷伸出来好多枝，顶着拳头大的花盘，也企图开个花。这些都要摘掉，不能要。顺便看脚下杂草，不顺眼的，一脚踢飞。

打下来的叶子、花盘，都是灰毛驴鲜嫩的口粮。它幸福地嚼着，嘴角淌着绿色的汁液，浑身闪着油亮的光芒。咴咴地叫两声，身上的皮毛抖动着，颤颤的。

我家还有一只大肚子的羊，也在田埂上吃葵花叶子。我故意把叶子扔在它的脑门上，它甩甩脑袋，不看我，急着挑挑拣拣地搜寻着细嫩的叶子吃。这是一种境界，它的眼里只有草，没有我。

清晨，阳光倾洒在沙漠里，倾洒在葵花上，那种金黄，简直让人束手无策。十万朵花，面朝东方，似乎可以听见轰轰烈烈燃烧的声音，如火如荼，连沙漠都快要被花儿点燃了。

万籁俱寂，只有花开的声音。鸟不鸣，花却喧嚣。看一眼，被野性的美击打得丢盔弃甲，落荒而逃。太美的东西，让人自卑。

一场盛大的花事席卷而过。花开盛后，就收了。葵花子开始变得饱满，一天天鼓胀起来。花谢是开花的盛事。

葵花子饱满之后，花盘都要被割下。家家户户都割走花盘，把枝秆留下。留在地里的葵花枝秆，像一地拐杖挺立着。拐杖不绿了，慢慢变得枯黄、黑瘦。叶子在风里瑟瑟地抖，枯萎着，也被风摘走了。

一地枯瘦的骨头，寂寞，衰老，撑在一天天变冷的天气里。

前半生荣华，后半生寒碜——你以为这是真的吗？

不是，那没有花盘的光秆秆，脖子朝前伸着，还是向着东方，一丝不乱。十万拐杖，脖勾都朝前伸着，向着太阳，暗含着一股强大的气势。这疏朗辽远的意境，真有种惊心动魄的美。

一个初冬的清晨，我上学迟了。出了村子，突然被一种浩大的气势震撼了：大漠里浩浩荡荡的十万葵花秆，仿佛从天空射下来的密密麻麻的箭镞，令人惊诧。枝秆上落了明亮的霜，在阳光下闪着光。葵花脖子勾着，都朝着东方，黑炯炯的，像眼神。一根都不曾乱，肃穆，庄严，苍茫。那种萧萧气势，一下子让我慌乱。我担心，它们会在某一时刻屈膝下跪，叩拜东方。

倏然泪下，因为感动。天啊，这些光秆秆的心里是怎样的情分啊！苍茫大地，草木才是主人，我们只是过客。

光阴里一定藏着一些我们不知道的秘密，草木知道，天地知道。就算枯萎了，失去了花盘，内心的坚持还是一样的，还是纹丝不乱。万物生，万物荣。而这肃穆，这萧瑟，都是天意——只有草木自己洞悉。

树木的力量

〔日〕光野桃
胡菡　译

我的家地处高层建筑林立的商业街，这里有一棵我最喜欢的道边树。某天深夜，我经过那棵树时不经意一抬头，发现它枝繁叶茂，我莫名地被它伸展出的枝条散发的柔和气息所召唤，不由自主地走上前去抚摸它的树干。

以深夜为背景，在如射灯般的街灯的笼罩下，它的树叶呈圆形，泛着光泽的深绿色显得生机勃勃。“每天都被这大都市的尾气污染，你竟然还这么有精神！”我看似自言自语，实际上在和树说话。从那之后，每当我经过那棵树时，总觉得我们的关系变得越来越亲近。

没过多久，在与朋友们到诹访旅行时，我学会了与树木交流，第一次知道如何感受来自树木的力量。

那天一大早，我在鸟居前看到一棵巨大的桦树，具体的树龄已经无从考证，它参天而立，树枝犹如巨大的屋顶伸展开来。树干靠近根部的地方分裂成两股，中间空出来的地方刚好能容纳一个人。

果然是有历史的土地。正当我这样想的时候，身边一位朋友开始上下摇晃手臂，同时手掌不停摆动。

“你这是干什么？”

“这样做，手掌能够感受到来自树木的力量。你也试试看。”

真有这样的事？我半信半疑地跟着她有样学样。首先把手掌对着树干，如同轻抚一般上下晃动，感觉就像隔着空气抚摸少女的秀发。最初我并没有特别的感觉，渐渐地手掌开始感受到一股暖流。接下来我由下而上、由上而下地摆动双手，那股暖流源源不断地沿着树干传递到我的手掌中来。

摇摆了一阵之后，不知道为什么，我突然想被树干抱紧，于是我试着走进树干分裂成两股之间的部分，将背脊紧贴住树干。我感到暖流包围全身，一直附在肩膀和后背上那近于麻痹的紧张感逐渐得以缓解。真希望就这样一直待下去。

自从我学会这个方法，但凡遇到有感觉的树，我都会伸出双手，如今已经习惯成自然。此外，普通的小山丘、城市的街心花园和马路边栽种的树都不可被忽视。

在意想不到的地方遇见这些树，我会按捺不住内心的兴奋，对着树说：“哎哟，原来你在这里呀！”

静　气

李丹崖

一朵花，开在深夜，悠长的一束光照见它，它视而不见，意韵幽幽地开着，这样的花朵有静气。

一个人，专心于一件事，别的事情都搅扰不了他，别的诱惑都迷乱不了他，他就那样心系一处，仿佛进入了禅定，这样的人也有静气。

人一闹腾，六神无主；人一静谧，风度自来。

月朦胧，鸟朦胧，实因心朦胧。飘忽不定，心猿意马，实因没有安全感，或是欲壑难填。

齐白石老先生成名后，有人问他，如何从一个木匠华丽转身为一位巨匠？他答道：作画是守静之道，涵养静气，事业可成。

齐白石的话让我想起另一则故事。

在雍正皇帝编撰的《悦心集》里，有一则名为《尧舜至今尚在》的短文，很有意思：“昔有一名僧，被召见驾，叩首呼万岁。上曰：‘人生百年且不可得，何云万岁？’僧曰：‘尧舜至今尚在。’上大悦。一日同御便殿，复问曰：‘京师有多少人？’僧云：‘只有两个人。’上曰：‘何谓？’僧曰：‘一个为名，一个为利。’上点头称善。”

京畿之地，熙熙攘攘，名利纷扰，何来静气？静气在哪里？在山野清风徐来之处，明月皎皎之所。

难怪历代许多圣贤心向田园，天子呼来不上朝，一心只谋三分田，餐风饮露好风雅，被天席地度韶华。这就是静气，八风吹不动，任何搅扰在他们面前都只如“蚍蜉撼大树”，他们沉稳大气有贤德，在世事的飓风深处也能泰然自若。

翁同龢是清朝两代皇帝的老师，他曾写过这样一句话：“每临大事有静气，不信今时无古贤。”丰子恺也说：“既然无处可逃，不如喜悦。既然没有净土，不如静心。既然没有如愿，不如释然。”多明亮的心态！

合宜的位置

子沫

周国平曾说过一句话，我印象很深：我们每个人其实都有最合宜的位置，只不过这个位置常常空着，因为大家都忙着找别的东西去了。

去年夏天，我去苏州平江路，晚 8 点有民间艺人的昆曲《牡丹亭》演出。关于这个民间艺人，听说过一些江湖传闻：从未学过专业，但是天生喜欢唱，一年唱 700 多场《牡丹亭》。遇到对眼缘的人，可以多唱一个小时，只是因为唱的人欢喜，听的人开心。我对这种性情中人向来很好奇，也一向不喜欢专家之类的人评判出来的结果，民间的东西可能更原汁原味。

听过不同版本的《牡丹亭》，园林版的，青春版的，今天听听民间“流水版”的也不错。8 点开唱，但因为天太热，我不想到处闲逛，6 点半就来到临河茶馆坐下。没想到就是因为这个无心插柳的早到，我有幸目睹了这位民间艺人的台下风采。真是不虚此行。进去，就是一位小姑娘和一位中年女人。中年女人穿着旗袍，很居家的模样，在吃饭。因为我是唯一的客人，便与她们随意地聊天。聊起《牡丹亭》，她笑着说："你都听过大腕的《牡丹亭》，为何来听这种民间的东西？"我说："我是冲着吕成芳的《牡丹亭》来的。"她笑着说："我就是吕成芳。"真正把我吓一跳。她看上去那么幽默，那么居家，很难把她和戏里妩媚婉转的杜丽娘联系起来。她太有亲和力了，我们聊得很开心。她说："我没学过戏，就是一个业余的，但是喜欢唱，天天唱，唱起来就很开心。365天，唱700多场，连大年初一都是一场不落。替老板打工，老板开心死了，生怕我生病了。"她还说老板因为有她在，很放心，基本不来。"我这个打工的可以替他罩着场子。"我听到这话，真乐坏了。她很自然地开着老板的玩笑。

她说："你待会儿可以看我化妆，来看戏的客人很难得碰上。"她吃完饭，开始上妆，全套行头，开脸，画脸，拉头发，吊眼角，我第一次知道眼角是靠头发往后拉硬吊起来的，真不容易。她边化妆边同我聊天，聊民间的一些东西，兴趣盎然，她说这辈子做一件事就可以了。

8点，演出开场。她一个人唱足两个多小时，中间还要串场解说昆曲、手势、身段，逗得大家哈哈大笑。民间的东西的确生猛、活色生香得多。她古琴、琵琶、三弦样样都行。她说了一个段子，我印象很深：她说以前古琴弦用的是蚕丝，现在是用钢丝，蚕丝细得多，声音轻柔得多，但是张生隔着墙还能听得到莺莺缠绵幽怨的琴声，现在即使就在一个屋子里弹古琴，也感觉声音微弱，不易听到，为什么？因为现在的环境太嘈杂了，环境嘈杂了，人心也乱了，很难得静下来。万物静中求。寥寥几句，古琴知识有了，精神理念有了，意境也有了……她教听众做杜丽娘扑蝶的手势和身段，说那才是大家闺秀，如果换作现代人演绎的小燕子，一定是一下子就扑上去了，她做的动作让大家忍俊不禁。她一个人，从《牡丹亭》的几个经典唱段，到苏州评弹，一段段下来，她说观众给她一个称谓："昆曲奥特曼"。她唱戏感觉不到累，只有开心。她用评弹唱《白蛇传》、唱《秦淮景》小调、唱唐诗《枫桥夜泊》、唱《茉莉花》的苏式唱腔，用琵琶表达《琵琶行》的诗词……真正是吴侬软语，手到眼到，让人大开眼界。

她的知识面极广，非常用心，说唱时精气神很足。我想起了一个段子。一家小面馆的挑面师，经常批评老板：我见不得做事提不起精神的。这个挑面师对面的软硬、配料、汤料、口感十分讲究，多一分嫌多，少一分嫌少，做起事来分寸看相极佳。他就是镇店之宝，大家都冲着他来，看着就起劲，在吃面的同时提起对生活的劲头。

听完昆曲，月色清明，走出去在桥头坐了好一会儿。想起她用苏州话念的《枫桥夜泊》，那是真正枫桥夜泊的意境，它来自糯米腔的苏州。她说，一辈子做一件事就可以了。她没学过专业，就是喜欢，唱个戏，开心就好。每个人都有自己最合宜的位置，做起适合的事你感觉不到累，感觉不到苦大仇深，它是一种享受。只是诱惑太多，大家都忙着找别的东西去了。我想起她跟我聊天时说起，在这里慢慢唱出名气来了，就有许多人来挖角儿，许诺一个更大的舞台。她说："我不是什么角儿，我就是民间艺人，我不需要什么大舞台，我就喜欢在小舞台唱，和大家近距离交流，接地气儿，让每个人享受到昆曲的好。"

合宜的位置，若心思太杂乱，你便看不到。

品质是工匠的脸面

葛晨

3 月底的一天，33 岁的修书匠保罗 · 卡斯蒂廖内早上 9 点准时到达店铺“无名修书店”，依次打开店面的铁闸门、木门，擦拭器具，准备开工。在意大利东海岸城市里米尼，这样的日子保罗已经过了 15 年，但他仍然对每一天充满期待。

小城的另一边，70 岁的梅伊 · 阿戈斯蒂诺也早早来到自己经营了 30 年的“罗马尼奥拉修书店”，在嘈杂的机器和沙沙作响的收音机的陪伴下修炼着手艺。他说，简单的事情重复做、用心做，匠人乐在其中。

意大利现有手工修书店大约 100 家。同在一座城，梅伊和保罗这一老一少两个同行是暗自较劲的对手，也是惺惺相惜的朋友，因为对修书这门手艺，他们有着同样的坚守。

意大利的修书店在中世纪时期是装订书籍的唯一选择，这与不少欧洲国家一样。工业时期到来后，大批量书籍装订逐渐由工厂承包，修书店的经营范围变为小批量、个性化装帧和旧书翻新。电子数码技术普及后，政府、律师等昔日的大客户转向无纸化办公，修书店如今完全走上精品道路。

“品质是工匠的脸面，一方面带来外部口碑，另一方面给自己前进的动力。”在从学徒到掌门的 15 年里，保罗不仅对修书的各个步骤掌握娴熟，也在一次次实践中总结出对顾客更为实用的经验。

做书首先要耐用，根据书页的不同特点确定好最耐用的缝制方法和用料材质，在这个基础上考虑如何呈现出书籍最美观的一面。以缝制书脊为例，梅伊一般会选用结实的布料打底，而不像一些大批量生产的工厂那样用纸板代替。梅伊说，这部分的材料顾客是看不见的，布料成本远超纸板，工艺也更为复杂，却是修书匠的责任心所在。

“顾客看不见，但我看得见，时间也看得见。”梅伊说。

“手艺人不会很富有，但是挣多少钱自己掌握，花多少时间精力就能挣多少钱，说起来挣的都是辛苦钱。”保罗说。比如他装订一本论文大约要花费 1 个小时到 1.5 个小时。根据材质的不同，装订一本论文的价格在 10 欧元至 50 欧元不等。

即便梅伊这样的老修书匠，产品也不会卖出天价，收入全靠一针一线地装订出来。“我需要付房屋贷款，人们需要装帧书籍，我凭着手艺养活自己，这就够了。”梅伊说，真正的满足不在于多挣钱，而在于亲眼见到零散的纸张经过自己的双手变成一本本精美的书籍，自己的劳动得到认可。

“以翻新旧书为例，旧书承载着主人的痕迹，可能翻新的费用高于买一本新书，但对主人来说只有自己的这一本才独一无二，因此他们对修书匠抱有很大的希望，期待能给这份专属的回忆带来新的生命，”梅伊说，“这种情况下做好一本旧书，顾客的满意就是对手艺人最大的回馈。”

从跟风去技校学修书到如今年逾古稀，梅伊做修书匠已 50 年。在他看来，这么多年来，修书的基本技术和步骤并无太大变化，表面看来只是一系列步骤的不断循环，需要耐心，但绝不无聊。

梅伊认为，把重复的事情做好并不简单，“就像照相一样，每个人拿着相机都能拍出照片，但即便面对同样的风景，拍出来的也不会是同一张照片”。

保罗还很年轻，他有更多的选择，但他从未动过转行挣大钱的念头。他说，每个人都有自己适合的位置，都有自己对成功的定义，而他的成功就是做着热爱的工作，和妻子、孩子在一起，衣食无忧地生活。

异乡与故乡

黄柯杰

认识5年，约徐哥喝的早茶照例在中午开始喝起，这是他的早餐。他笑着说，时差倒不回来。此乃客气话，晚上是美国的工作时间，徐哥还有一堆事情要在电脑上解决。

徐哥出生于宁波，7岁随家人到杭州，15岁转到上海，后来去北京读大学。毕业后出国，好不容易定居到加州，做海外投资基金的高管。前几年夫人调动工作到了日本东京，徐哥就带着两个孩子跟随而去。他自嘲说人生如旋转木马，搬家看尽人间繁华。

徐哥的求学和求爱经历也是一波三折。徐哥出身于丹青世家，耳濡目染，他从小练就一手画画的本领，按照他的话说，刚刚牙牙学语，就对着一堆光屁股的西洋画册“嗒嗒”地流口水，3岁握笔，5岁临摹，到小学3年级，就摊开作业本把前排的小美女们挨个画下来，惹得小美女们争相给他抛媚眼。正当家人觉得他能继承家学时，徐哥却报考了工业设计专业。说起原因，他说当年看到日本的图片大受打击，觉得纸上绘画不过是奇淫之术，国家要富强还是要靠工业技术。

在北京读大学期间，徐哥巧遇同乡美女，情窦瞬开，忘记了富国理想，一番拼命苦追，小美女却毫不领情，批驳徐哥毫无情趣。痛定思痛，徐哥决定苦攻西方文学培养情趣，后来越陷越深，大学毕业后竟顺利考取名牌大学的文学硕士，成功抱得美人归。他某次听到父亲的一声长叹，说家学从此无后。

家中老人陆续老去，再无至亲之人，徐哥回到故乡只能住酒店。某个下午，他蹒跚着回到出生的弄堂，七拐八拐，顺着记忆摸索，原先清秀的江南弄堂已是残瓦断墙、物是人非的拆迁区，灰飞烟灭的吵闹声中，他看到自己儿时隔壁的小玩伴、如今的中年妇女，正吼着青春期的儿子回家做作业。他回忆这一幕的场景，只能说狼狈二字，不敢相认，就算相认，也多是尴尬。

我和徐哥无话不聊，聊到家乡，颇有共鸣。若算起离家，我离家也有7年了，现在算是居住在宁波，而内心与这个城市确实有距离，只能说是在这个城市居住。按照徐哥的说法，到处走的人总是想找熟悉的环境，若熟悉的风景都没了，离开也就了无牵挂。人的记忆肯定有某种打包的功能，随着时间的流逝，只给记忆留下一点点线头，当你看到某个熟悉的物件时，才能将已打包的记忆再翻开还原，这时候你会发现，自己的眼神还是如当初那般闪亮，仿佛还能听到昨天自己哭鼻子的声音和夏日午后弄堂里小伙伴的欢笑声。

回望这些年，有时候不得不反思，是我们走得太快、来不及看故乡的变化，还是家乡自身变得太快？类似徐哥，回乡恐怕只有祖坟墓碑未变——

每次回乡都有一种新鲜的体验。那些高楼大厦，我们小时候只是在梦里憧憬，而地铁这样的设施是做梦都梦不到的，如今却在熟悉的土地上悄然走进大家的生活。

如徐哥一样，我也不想参加同学会，说到底是怕自己承受不了，不敢去，相见不如怀念。他说这种情结是害怕自己衰老，我只能如实承认，我受不了那些回忆被颠覆，受不了青春逐渐逝去。上次回到高中母校，在门口徘徊了 3 圈才进去，感觉回到教室真亲切，一屋子光亮稚气的脸，那张方方的课桌真小，走出去看操场真大，跑一圈都会累，可那时候自己虽小，汗流浃背地满场飞奔也觉得操场不大。

小时候梦想自己能走四方，现在这个职业也真是梦想成真，留下的后遗症是家中也是纯棉的白床单和被套，夜半惊醒要冥思数秒才能记起自己在哪个城市落脚。以为自己年轻有理想，一路前行，不想回头，一直能走到很远很远的地方。天涯那么远，走在路上，耳边能听到故乡的风声，故乡和异乡，纠结缠绕，注定是我们这一代人难解的心结，如同徐哥那一缕斑白的鬓发，几经染黑，白发还是天天冒头。

饶　　命

黄永武

一位老板坐着舒适的豪华轿车，由司机驾驶，做三日的环岛考察，司机当然羡慕老板，有人开车，暗中照照镜子，觉得劳逸不均，自怜命苦。到了下榻旅社，老板还在辗转反侧，久不成寐，隔壁的司机早已经鼾声如雷。此时老板起床，照照镜子，见自己两鬓飞霜，觉得若论快乐，自己根本不是司机的对手。

当晚司机梦见自己成了老板，业务繁杂、劳心营营，苦得不得了，头发全白，竟在梦里惊醒，醒来发誓不做老板，才又睡着。而老板好不容易睡着了，梦见自己成为司机，开车赶路，体力实在支撑不住，也惊醒了，只祈求上苍——最好身体享受仍是老板，而心地单纯能像司机。老板祈求着，在司机的鼾声里不曾再睡着。

这样的故事，正说明了天地间有许多无奈，难以两全，在这无奈之中，即寓有造物者最最公平的原则。

五十年前还在使用的木造牛车，没听说要送厂保养维修的，现在的汽车，年年要保养，常常要修理。至于高科技的战斗飞机、太空飞梭，可以想象得到，每次执行任务之前，都要检查维修。这也是造物者的公平原则：机件越复杂，越容易毁坏。心灵也是一样，多虑的人机件复杂，多能的人机件疲劳。老板比司机心智庞杂，庞杂就精力耗散，耗散就容易溃裂。枝条养得多，根就容易枯，而像司机那样，早晚只要想一件事，心思简单，根柢粗厚，就不易出故障。

心是身体最忠实的奴仆，时时为身体做无穷的劳役，而大家也任由这颗心越复杂越憔悴，南征北讨，以为斩获越大，可以让身体越光彩越享受。何曾想过：心一恐惧，再保暖的衣裘也禁不住身体发抖！心一警戒，再美好的食物也咽不下喉咙！心一忧急，再气派的床褥也筑不成梦乡！

此乃“机复者易毁”也。饶一饶自己的心吧，内心只有宁静简单，才不易毁伤，布衣、粗粝、曲肱之处，也许正意味着安乐窝与黑甜乡呢。

心若向阳，无惧悲伤

容易悲哀的人容易快乐，也就容易存活。

同车人的啜泣

木心

秋天的早晨，小雨，郊区长途公共汽车站，乘客不多。

我上车，选个靠窗的座位坐下——窗外不远处，一对男女撑着伞话别。

女：“上去吧，也谈不完的。”

男：“我妹妹总不见得十恶不赦，有时她倒是出于好心。”

女：“好心，她有好心？”用手掌在自己脖子上做刀锯状，“杀了我的头我也不相信。”

……

男：“肝火旺，妈的病是难好了，就让让她吧。”

女：“谁没病？我也有病。娘和女儿一条心，鬼花样百出。”

男：“……真怕回来……”

女：“你不回来，我也不在乎，她们倒像是我做了寡妇似的笑话我。”

男："讲得这么难听？"

……

郊区和市区，一江之隔。郊区不少人在市区工作，周末回来度假，多半是喜气洋洋的。这对男女看来新婚不久，一星期的分离，也会使女的起早冒雨来送男的上车。凭几句对话，已可想见婆媳、姑嫂之间的风波火势。男的无法息事宁人，尽管是新婚，尽管是小别重逢，却烦恼多于快活——就是这样的家庭小悲剧，原因还在于婆媳、姑嫂同吃同住，闹是闹不休，分又分不开。从两人苍白憔悴的脸色看，昨夜睡眠不足，男的回家，女的当然就要细诉一周来的遭遇，有丈夫在身边，嗓门自会扯高三分。那做婆婆、小姑的呢，也要趁儿子、哥哥在场，历数媳妇、嫂子的新鲜罪过，牵动既往的种种切切——为什么不分居呢？那是因为找不到别的住房，或是没有够付房租的钱。复杂的事态都有着简单的原因。

我似乎很满意于心里这一份悠闲和明达，毕竟阅人多矣，况且我自己是没有家庭的，比上帝还简单。

快到开车的时候，他二人深深对看一眼，男的跳上车，坐在我前排，女的将那黑伞递进车窗，缩着脖子在雨中奔回去了。

那人把伞整好，挂定，发了一会儿呆，忽然扑在前座的椅背上啜泣起来……

同车有人啜泣，与我无涉。然而我听到了那段话别，看到了苍白憔悴的脸，妄自推理，想象了个大概，别的乘客不了解此人为何伤心，我却是明明知道了的。

并非我生来富于同情心，我一向自私，而且讲究人的形象，形象恶俗的弱者、受苦者，便很难引起我原已不多的恻隐之心。我每每自责鄙吝，不该以貌取人；但也常原谅自己，因为，凡是我认为恶俗的形象，往往已经是指着此种人的本心了。

啜泣的男人不是恶俗一类的，他衣履朴素，脸容清秀，须眉浓得恰到好处，中等身材，三十岁不到吧。看着他的瘦肩在深蓝的布衣下抽动，鼻息声声凄苦，还不时长叹、摇头……怎样才能抚及他的肩背，开始与他谈话，如何使母亲、妹妹、妻子相安无事……会好起来，会好起来的。

先关上车窗，不是夏天了，他穿得单薄。

啜泣声渐渐平息，想与他谈话的念头随之消去。某些人躲起来哭，希望被人发现；某些人不想让别人找到，才躲起来哭。这两种心态，有时也就是同一个人在不同的情况下表现出的。

提包里有书，可使我息止这些乏味的杂念。

是睡着了，此人虚弱，会着凉生病，想脱件外衣盖在他肩背上……就怕扰醒了，他不明白何以如此而嫌殷勤过分……坐视别人着凉生病……扰醒他又要啜泣，让他睡下去……这人，结婚到现在，休假日都是在家庭纠纷中耗去的……这是婚前没有想到的事……想到了的，还是结了婚……

岂非我在与他对话了。

……

看书。

将要到站，把书收起，正欲唤醒他，停车时的一顿使他抬起头来——没有忘记拿伞。下车时我注视他的脸——刚才是睡着了的。

路面有了淡淡的阳光，走向渡江码头的一段，他在前面，步态是稍微有点儿摇摆的那种。他挥动伞……挥成一个一个的圆圈，顺转，倒转……吹口哨，应和着伞的旋转而吹口哨，头也因之而有节奏地晃着晃着……

是他，蓝上衣，黑伞。

渡江的轮船上站满了人，我挤到船头，倚栏迎风——是我的谬见，常以为人是一个容器，盛着快乐，盛着悲哀。但人不是容器，人是导管，快乐流过，悲哀流过，一直到死，导管才空了。疯子，就是导管的淤塞和破裂。

……

容易悲哀的人容易快乐，也就容易存活。管壁增厚的人，快乐也慢，悲哀也慢。淤塞的导管会破裂。真正构成世界的是像蓝衣黑伞人那样许许多多畅通无阻的导管。如果我也能在啜泣长叹之后把伞挥得如此轻松曼妙，那就好了。否则我总是自绝于这个由他们构成的世界之外——他们是渺小，我是连渺小也称不上。

我能接受的片刻逃离

林特特

一日，我在街头瞥见一家房屋中介。当然，不是买房。再失去理智，我也知道，买房需要全家人做决定——我想租房。

什么事能比在单位附近、家之外，有间自己的小房子更惬意呢？

我推开玻璃门，对房屋经纪人诉说我的要求，盯着她在电脑上搜索关键词。浏览房源时，脑海中已绘制好美丽蓝图：这间小房子，我要用来独居——我从未独居过，在家和父母，住校和同学，结婚和老公……现在，家里常住五个人。我要绝对的安静，要铺我喜欢的床单，摆我喜欢的台灯，听我喜欢的音乐，只做我喜欢的食物。

“我就午休。”我对房屋经纪人说，“坐班那几天，午休；不坐班那几天，睡觉、写稿、招待朋友。”

我想，这样的话，离家出走也有个好去处了。等时机成熟，再向家人透露，请他们来做客，但绝不留宿。

中介带我看了一处单元房，一室、一厅、一厨、一卫。我当场拍板，就它了！

水、电、有线电视、无线网络，卡、证、经办人联络方式，一一交到我手里，当锁匠完成换锁任务后，房子正式属于我了。

门一关，我躺在大床上，惬意了一分钟。就一分钟，我又翻身起来，掏出手机上网，开始我庞大的购物计划。

简而言之，我要和喜欢的一切在一起。桌子、桌布、花瓶、音箱、各种灯、床上用品、锅碗瓢盆……之后的几天，我不停地收快递、拆包裹，一小时下楼无数次——扔垃圾。

我还把办公室里的书运过来，塞满书架，又去超市拎回瓜果、蛋糕填满冰箱，衣橱里挂上新买的家居服，还添置了一面落地镜子。

对这间房子，我付出了十二分心思，我不能忍受它任何一个角落的污垢。我趴在地上用钢丝球擦，我踩着凳子对着瓷砖抹，我还清洗了洗衣机，刷了马桶，而这些，在我有老有小有保姆的家里，分工明确，完全不用我动手。

我的午休时间全砸在这房子里了。下水道堵了，我要找物业；路由器坏了，我要上网买新的；电需要自己买，煤气打不着火不知道找谁修……一个星期后，我发现工作和家之外，以我的精力，想再支起一个"外室"，真是没法过了。

我开始想家了。

虽然，我每天从家出发，回到家。

我还想念帮我处理问题的家人，虽然，我一直想躲开他们，寻个清静。而绝对的清静，也让我烦躁。

我把淡蓝色细纹桌布铺好，花瓶里插上花，用纯白瓷碗盛了一碗银耳莲子羹，旁边放一本文艺小说，并播放温柔乐曲，一切都像我最初想象的那样完美。这时我发现，不停劳动、布置的我已经累了，心里早就没了这份清静。

而刹那间，我又想起了张爱玲，她的晚年独居生活，就是如此吧，够文艺，也够孤独。

我有点儿害怕了。

最后一件网购的商品到货。

那是一个长达两米的靠枕，枕套由灰色和红色的布拼接而成，绘有星星图案。我把它放在床头，与同色系的床单、被套一起，接受春日阳光的凝视。

我再退后几步，站在门口，端详整间卧室的全貌：真是个理想的房间啊，但游戏也该结束了。

之前，我只能用一扇门隔开一地鸡毛的世界。我一心追求从未有过的、仅属于我一个人的生活，但现在离开孩子咚咚咚的脚步、客厅里的叽叽喳喳、厨房的煎炒烹炸，我又不踏实了。

我找到房东，提前结束了合约。

能搬走的，搬走；搬不走的，留在那房子里，抵作违约金。

做完这一切，我回家的脚步特别轻快。晚上哄完孩子睡觉，我走进书房，拧开小灯，开始看书，心里格外安静。

第二天，我处理完杂务，如常去咖啡馆坐了会儿，时间到了就离开。这是最无负担的、最清净的所在，是我能接受的对琐碎生活的片刻逃离。

哲　思　录

顾城

一

我喜欢安徒生童话。

它告诉我：生活像一件大大的不可思议的礼物。

我喜欢它说的生活。我要用太阳花、微笑和七颗星星的夜晚去交换。

二

许多年前，我喜欢昆虫，我走很远到书店去找关于虫子的书。这种书很难找，这种书也很怪，总要把虫子分成有益的和有害的，活像一个法庭，根据虫子的若干表现就加以判决，凡对人不利的就要处以死刑。

会不会有别样的书，用别样的方法讲昆虫呢？不会，因为书也跟昆虫一样，早被分了类，凡是不能让土地多产粮食的书，都进了造纸厂。

三

记得有一个朋友跟我说，他听音乐也就听到巴赫，而谁谁谁（也是一个朋友）已经听到西贝柳斯了。我就很吃惊，我说：“这还有个等级吗？好像经过千山万水才能听这个西贝柳斯啊？”对我这惊讶呢，我这朋友就很不以为意。读书也是这样，读到玛格丽特·杜拉斯，或是亨利·米肖，好像标志着不同的级别。我就叹气，这人还真是不知道自己的脚有多大，非得靠尺度告诉不可呢。我也喜欢看书，但是我不太喜欢看文学史，我就不太信那个“史”和分类。我看书就像看一只漂亮的昆虫似的，看进去了，我就是那只昆虫，随它过上一段它的生活；看书呢，我好像就成了那里边的一个个人，作为这个人、那个人，再经历一次人生。我看《德伯家的苔丝》，我就是那个女孩子。所以我看一本书，差不多就是多获得了一种生活，多经历了一个生命过程。

四

我比较喜欢崔健和王朔的作品。我和他们的性情十分不一样，这可以一目了然。但是从敢于表露真性情上说，我是喜欢他们的。很多人，包括我，对现实失望的时候，就寻找思想的支持；对生活失望的时候，就寻找文化的支持；对现代失望的时候，就寻找历史的支持；对人失望的时候，就寻找自然的支持。但是像崔健、王朔，他们在这点上是勇敢的、诚实的，就是说，我是这个就是这个，没有什么能代替这个，也不指望什么来支持这个，它不垮就是这个样，垮了也无须救，因为没什么救得了。

五

真性情无好无坏，它就是：是这样。

如果究底的话，它是跟人的自在的本性一致的。至于好坏，是从世界的位置看它而生出的问题，世界的位置大体是人在这个世界上的利益的位置。如果从审美角度看，我相信只有单纯的才会是美的，单纯的就是本质的，就是真性情的。所以有美或者不美，喜或者不喜，而没有好坏的问题。

荷兰有本书《小约翰》，说两个蘑菇在那儿说话，一个小孩儿过来插嘴说："你们是有毒的！"蘑菇听得莫名其妙。因为人想要吃它们，才会有"有毒"的看法，而对于蘑菇来说，就没有这个问题。好和坏是人间功利的问题，而纯粹的人的本性是没有这个问题的。

我在春天等你

和菜头

不知道你有没有这样的经历：如果你在一个陌生的地方生活，尤其是在大都市里，那么任何关于家乡的点滴都会让你格外在意。它可能是你临出地铁时身后的一句乡音，也可能是小巷深处的一盘家乡美食，也许什么都不是，就像我那样，看到所有带“云”字的招牌都会愣那么一下。

在北京有一家店，它并不隶属于我，甚至店员和老板都不知道有我这么一个人存在。但是，这家云南土特产商店对我而言意义重大。曾经有很长一段时期，我经常跑到那家店里去买云南昭通酱，然后用父母教我的手法调制出肉酱。从厨房里端出一碗来，味道若是和昆明家里一样，我就会有一点儿小小的幸福感。那幸福太过微小，以至于我都不好意思和人分享，但它的确存在，也让我慢慢开始喜欢上这座城市。

要融入大都市的生活并不容易，需要很多时间一点点打磨自己，打磨到头颈灵活，行动如风，打磨到看什么东西都带着司空见惯的漠然和老练，打磨到面皮上混合着矜持和疲惫，进而形成一种疏离，然后你就再也离不开这里了。在这之前，我还有很多时间用小火慢慢熬我的滇式肉酱，前提是那家小店还在。

所以，我有一次在博客里写过这么一段话：

> 如果你时常经过北京花园东路，请你帮忙看看位于高德大厦和图书馆咖啡之间的那家云南土特产品商店，然后告诉我它一切安好，还在卖着各种云南的山货，还有昭通酱、油鸡枞和油腐乳。那么，我就可以一直在厨房里做出自己喜欢的酱来，放在面条里，抹在馒头上，度过北京这漫长的冬天。

今天，我突然在微信后台收到了一位读者的留言，他说：

> 莱头，你说的在牡丹园东路上的那家土特产店还在，但开始和周黑鸭共用一店。我想，它肯定能撑过这个冬天。我在土特产商店对面的大厦上班，今年我们公司业绩不好，整个部门被裁撤……以后我不能够常看到它了。最后再跟你报告一次：它还好，应该能撑过这个寒冬。

我突然意识到，一年将尽。每到年关之际，许多公司会裁撤人员，补充新人，在上一个财年之内解决问题，这样就可以节省一笔不菲的红包。每一个冬天都同样寒冷，但是对于那些失去职位的人来说，他们在经历一个更加严酷的凛冬。

对此，我们已经习惯了，习惯了三里屯，也就习惯了唐家岭；习惯了798，也就习惯了圆明园；习惯了这座城市的包容，也就习惯了它的冷酷。而对于我来说，我非常感念这位陌生人，我们甚至都没有见过，他却愿意为我默默守望着那家根本不属于我的店。我们彼此并不相爱，也不仇恨，甚至也说不上是喜欢，那些情感都太重了，重到这繁华的都市根本承载不了。我们之间足够遥远，遥远到足够安全，但是，我们又能够在一家小店的玻璃橱窗上看到对方的面孔，知道对方就在这座城市的什么角落里，那家店就是我们存在的证明。而这证据又极轻，轻到瞬间就可能消失不见，失落在这座城市的深处。

即便如此，我还是想送上我的祝福。陌生人，无论你在哪里，无论你今天是怎样的境遇、怎样的心情，无论你今天是想开口倾诉，还是缄默不语，我们之间始终存在着某种脆弱而遥远的联系。我们无须见面，但是彼此理解，甚至拥有某种无言的默契。我路过一千个街口，那里必然有你走过的足迹；你路过一万扇橱窗，其中一定有一扇我曾经张望。

我们没有那样的运气，可以在昏暗的小酒吧对坐，细数着一年来身上留下的伤疤；也没有那样的时机，可以目睹对方的诸多挣扎和脆弱，看见对方如何跌倒在泥泞里，并试着努力站起来。我们只是时空交错里的陌生人，面对面走过也不可能相认的陌生人。

在这个凛冬，我站在过街天桥上，看太阳如弹丸一样落下，却不知道应该对你说什么好。陌生人，我没有宽慰的话，那样的话从何说起；我没有安慰的手，那样的手没有肩头可以落下。我只是想告诉你：你所经历的我也曾经抵达，我正承受的也许甚于你今天所遭遇的。可是，我还是想和你做一个约定，就像是守望那间小店一样的邀约：我在春天等你，希望你也能同样到达。

流着眼泪吃着肉

陈亚豪

7 月中旬大学毕业后，我来到望京工作，单位离家不算远，坐一个小时的地铁，但下了地铁到单位还有将近 5 公里的距离。好在望京这一片有非常发达的“三蹦子”市场，北京俗称“蹦子”，就是那种烧油的三轮车，经常在路上和汽车飙车，毫不示弱，速度快时一蹦一蹦的，坐在里面总有种随时要翻车的刺激感。从地铁口到公司要价 10 块钱，价钱合理，又能享受到飞一般的感觉，所以，坐三蹦子成了我每天生活中必不可少的一件乐事。

由于三蹦子车身不稳，油门难以控制，又没有减震系统，所以翻车的概率较高，有很大的安全隐患。城管每周都会来一次“大扫荡”，连车带人一块儿押走，再加上高额罚款。望京这一带干三蹦子生意的基本上都是外地来京的底层打工人员，没钱、没文化、没人脉、没技能，但凡有一点儿路子的都不会干这门差事——白天在地铁口趴活儿，一边拉客一边调动全身感官提防城管，晚上住在400元一个月的地下室里。他们和三蹦子一样，每天拼尽全力不停地飞奔，但随时要做好翻车倒地的准备。这些都是一个优秀的三蹦子驾驶员讲给我的。他叫小六，来北京打工第3年，今年22岁，和我一样大，但坚持叫我大哥。我们的相识缘自我常坐他的三蹦子，后来慢慢熟悉，从老顾客成了“蹦友”。每天清晨，我走出地铁的时候，他都会在路边叼根“红梅”等着我，这个时间点如果出现别的顾客他都会道歉谢绝，死心塌地地等我。小六是我体验过的最优秀的三蹦子驾驶员，他常用的招牌驾驶姿势是跷着二郎腿，这样炫酷的姿势却能把车骑得极稳，他实在很有天赋。不过他有一点不太好，总喜欢在路上和我聊天，我倒不是担心他会因此分心，而是他总喜欢回过头来和我聊天，后脑勺朝前。

小六每天都会给我讲点生活趣事，昨天哪个竞争对手翻车了，也不称称自己几斤几两，以为三蹦子是谁都能开的吗！前天哪个哥们儿一不留神撞到了城管，当场就理直气壮地抄起备好的钳子卸下了一个轱辘，死活咬定这不是三个轮的。还有他千里之外的家事：他家三代单传，去年媳妇给他生了个儿子，一家人高兴得不得了，只是造化弄人，小儿子半年前得了怪病，呼吸常出现困难，方圆百里看了一遍，还是没治好。“不过不要紧，山里的孩子都命硬，我再攒个半年钱就把儿子带到北京的大医院来，在首都还能治不好？”讲这些时，小六依然乐呵着。

我喜欢小六，因为他总是两眼眯成一条线，乐呵呵的。每天早上看到他，我都觉得阳光明媚得可以驱散北京的雾霾。

9月中旬的一个早晨，我继续坐着小六的三蹦子藐视所有我们一路超过的汽车。那天小六没要我钱，他说他要回趟老家，估计月末才能回来，这段时间送不了我了，给我推荐了两个同行好哥们儿，叫我以后坐他们的车。

一个星期后，小六提前回来了，在地铁门口看到他时，我蹦蹦跳跳地过去上了他的车。他依然眼睛眯成一条细线，乐呵呵的，只是眼角的皱纹比走那天深了一些。小六的技术丝毫没有退步，驾起车来更加迅猛，像一头压抑许久的野兽，朝这个世界怒吼着。

那天到公司的时间较以往早了几分钟，下车时，我想起还一直没问他之前突然回老家的原因，于是就问他："六子，那会儿怎么突然说走就走了，家里没出啥事吧？""没事儿，大哥，儿子病情严重了，媳妇和我娘着急，让我回去看看。"

"那现在好些了吧，看你没到月末就回来了。"

"死了，喘不上气，眼看着死的，小脸都憋紫了。"

我一时怔住，嗓子里像卡进了玻璃碎片，再说不出任何话语，连唾液都忘了该如何吞咽。

"死就死了吧，这娃命苦，生下来就受这活罪，我没出息，实在没法治好他，早点投胎去个好人家，千万别再给我当儿子。"

没有悲愤，没有凄凉，甚至连情绪的变化都没有，小六就这样平静地讲述着一个好像与他毫无关系的孩童的死去。

可他眼角下那好像在一周里被锥子凿刻出的皱纹，没能藏住他内心的悲痛。

人的心脏，永远在变大，心里装的回忆和故事不断丰盈，心房的厚度永远在增加，心窝里那个曾经最脆弱、恨不得一针致命的地方，其实也会越来越坚硬。

明明懂得很多大道理，可当自己深陷其中时，又迷茫脆弱得像个孩童。生活就是如此，当悲剧发生在别人身上时，你总会感到太过残酷和无情。可当它落到你头上时，无论如何，你也会走下去。

生活啊，不过如此，流着眼泪也要吃下肉。

生存还是生活，你说了算

崔曼莉

曾经看过一个纪录片：一个中国留学生在德国因为迷恋赌博，导致破产、失业、离婚，欠下了 50 万欧元的债务，人已经处在崩溃的边缘。这个时候，他 50 岁的大哥，决定去德国打工，一边为弟弟还债，一边督促弟弟戒赌。这似乎是个不可能完成的任务。大哥的妻子身体不好，女儿正在上高中。为了这个决定，气恼的妻子和他离了婚。他只身一人去了德国。

到了德国，他做的第一件事就是找地下赌场谈判。他说，我是个一无所有的人，来这里就是为了救弟弟，如果你们再放他进去赌，我第一不会还债，第二就报警。如果你们想砍死我，请便。三个地下赌场，从此不再放他弟弟进门。

他做的第二件事情，是带着弟弟在一家华人蛋糕店学手艺，弟弟身上的钱不允许超过一欧元。这样过了一年，他想办法借了点钱，开了家糕点店。

由于口味好、信誉好，又有救弟弟的动人故事，店里生意兴隆。

他做的第三件事情，就是在当地成立了互帮会。慢慢地，很多初到德国的华人，有什么问题都去找他帮忙。他成了当地一个欠着一身债的传奇人物。

他做的第四件事情，就是不断给女儿与妻子写信，希望她们能理解并原谅他。他说他如果不这样做，弟弟就会死在异国他乡。

10 年过去了。记者采访他的时候，他刚过 60 岁生日。弟弟欠的债，只剩 5 万欧元了。弟弟再也没赌过，他开始利用网络尝试外贸生意。他的妻子和女儿也原谅了他，妻子决定和他复婚。

如果说生存，他真的是曾被逼到了死角。可是他没有远离生活，而且创造了奇迹，洋溢着人性的光辉。

我们常会为生计所迫，做些不得已的事。但是有些人，永远能在生存中品出好滋味，这就是生活。生存是我们生活的基础，是我们不得不做的事情。但生活到底是何种滋味，是由我们自己选择的。

小时候听母亲说，懂得生活的人，哪怕住最差的房子，穿最差的衣服，也会把屋子收拾干净，衣服折好放在枕下，压得平平整整。生存是有限的，生活是无限的。

跑步与心灵炼金术

曲辉

左腿截肢的跑者萨拉·瑞纳森如此描述自己奔跑渐入佳境时的状态：“我有种世间万物都自然融合在一起的感觉，就连假肢也似乎和我的身体融为一体了。”这就是传说中的“跑步者愉悦”。

“一般出现在跑步半小时后，突然感觉不到疲惫，全身都是满满的快乐和激情。”“腿带动身体，呼吸欢快，停不下来。”“我整个心都明亮了起来，感觉世界巨大。”“特高兴，不自觉地就是想笑，就是要加速……”“觉得自己可以永远跑下去。”“如果状态好，跑到十几公里时会兴奋地放声歌唱，憋都憋不住。”

数不清的“跑友”纷纷在网上分享自己的神奇体验，在他们看来，这种情况通常“可遇而不可求”。自然也有不少人费尽心机地反复试验以寻找攻略。这种状态是在跑步中瞬间体验到的一种快感，通常不可预料地突然出现。当出现时，跑步者的健康幸福感高涨，而且有强烈的时空障碍超越感。

从科学角度来看，这是由大脑在特定情况下所释放出的内源性大麻素和内啡肽等物质所触发。内源性大麻素与药物大麻的有效成分类似，只不过“自产自销”。内啡肽产自额叶前部和大脑边缘地区（这里也会对爱情一类的感情有反应），与吗啡的作用类似，其镇痛效果却比吗啡高18到33倍。

有科学家认为，“跑步者愉悦”相当于天然的止痛药，能让人忽略疲倦和布满水泡的双脚。

1982 年美国的波士顿马拉松中，曾有一位来自盐湖城的长跑运动员在跑了 11 公里后股骨骨折，却在跑完了全程 42 公里后才瘫倒在地。

也许这是人类身体进化过程中为求生存而给予自己的“奖赏”和“抚慰”，也是诸多由跑步引发的神奇效应的物质基础之一。

缓解抑郁和焦虑的良药

“那是一种类似神启或者顿悟的体验，活到现在我一共也没体会过多少次，但从那次开始，那股没理由的抑郁慢慢消失了，如果说我找到了什么能够紧紧抓住的生命依凭的话，我想长跑可能就是其中的一种。”

这是一位曾为抑郁症所困扰的跑者经历“跑步者愉悦”后的记录。更多情形下，跑步对抑郁和焦虑的疗效是潜移默化的。

万科的前副总裁毛大庆患上抑郁症时，连来电话时的铃声都无法忍受，推掉了许多重要会议躲在家里。他被认识的几位教练劝着来到公园里“走走看”，起先几回是快走，后来是慢跑，逐渐 800 米、1000 米，后来一口气能跑 5000 米。“我觉得我实在太伟大了，这根本无法想象！我曾经中考加试800米不及格……人很多时候不认识自己。”

于是40多岁的他跑上了瘾，天天晚上跑5000米，“一次比一次觉得自己牛”，后来变成1万米。即便冬天下大雪，早晨5点半也要起来跑到天亮，“耳朵边上都是冰柱子”。他成了马拉松的推广者。“远离抑郁，最终是要看清楚自己是谁，抑郁症患者就是看不清自己，看清楚自己就不会抑郁了。”“跑得越远，离自己越近。”

跑步是缓解抑郁、焦虑等社会病的一剂良药。在美国，跑步的风潮经历过3次兴起，而每一次都是在遭遇社会危机、人心惶惶之时。这也许和我们祖先面临丛林挑战时一样，危险激活了体内奔跑的本能。而反过来，当身陷看不见的囹圄之中时，迈开有形的双脚或许真的是释放压力的有效姿势。

约上佛陀一起跑

作家梭罗说：“当我的双腿开始移动的时候，我的思维开始奔流。”

美国小说家卡罗尔·奥茨灵感枯竭时，就离开工作台练习跑步——丰收的果园、沙沙作响的玉米地、嶙峋的断崖边，而这些活动地点最终都出现在她的故事中。“在理想状态下，跑步好像帮助我延展了意识，使我能够把自己写的东西想象成一部电影或一个梦境。”

有“设计界奥斯卡”之称的米兰国际设计大奖，2016年将唯一的建筑类金奖授予东南大学的教授周琦及其团队。他们设计的人民日报社新大楼，最外层用22万根琉璃棒拼装而成，即便雨雪冲刷亦可自动清洁。而这创意的灵感则是某天早晨周琦跑步路过天安门时，偶一回眸被城楼上琉璃瓦折射出的光亮所激发的。

连著名主持人白岩松也说，自己很多节目的灵感，都是在跑步时“捡”到的。“这就像中国画，在浓墨重彩中留白，让画有了更高的境界。”

很多人非常珍惜跑步时的独处时光：关掉电话，将视线从各种屏幕和纸面挪开，在相对固定的时间做一件固定的事情，虽然机械般重复，却更像一种朴素的仪式，构筑起一个人生活中难得的稳定的安全感。像村上春树一样，“不需要和任何人交谈，不必听任何人说话，只需眺望周围的风光，凝视自己便可。这是任何东西都无法替代的宝贵时刻。”

在他的描述中，跑步不仅是运动，更像是一场修行——“跑到最后，不只是肉体的痛苦而已，连自己是谁、现在正在做什么这些事都从念头中消失了。”“我是我，我也不是我，当时这样觉得。那是非常安静的，静悄悄的感觉。”

这是富有禅意的近宗教式体验。一方面可能是奔涌不息的灵感，一方面又是万物解甲归田后的空寂，身体成了精神的神殿，而自我仿佛被轻松解构，融化在大自然里。

如果说马拉松已是许多业余跑者检验耐力的试金石，那么近些年来兴起的“超马”（超级马拉松）则显然是用更强悍和危险的方式探索跑者的极限。一群“跑马疯子”已经将长达 100 公里、200 公里甚至更远的“超马”当成了新的信仰。

除去路途的遥远，环境的险恶和不确定性也为超马添上了苦行和献祭般的光环。烈日灼人的撒哈拉沙漠与极寒彻骨的南极都成了跑者的试练场，赛事的报名费里有时还包含了选手的尸体遣送费。但哪怕是全长 217 公里的美国恶水盆地超马，也依然能看到萨拉·瑞纳森这样的残疾跑者的身影。

曾获斯巴达“超马”冠军的美国人尤雷克说：“‘超马’是让我们挖

掘意志力的一种手段。一些人通过艺术或音乐来获得精神的升华。对我而言，超级马拉松就是这种精神体验。”几乎所有的“超马”都不设现金奖励，只有证书或橄榄枝一类的象征性荣誉。在疼痛和挣扎中，奔跑真的成了一种信仰，以至于“超马”跑者的健康与心理成了科学研究者感兴趣的问题。

遇到更好的自己

即便从形而上回归个人与现实，跑者们也无疑是醉心于观照自己的虔诚教徒。

步幅加快，思绪飞驰，他们的神灵变成了自己——一个拥有杰出意志力、耐力和体力的自己，一个全身的肌肉、骨骼、血管健康从容的自己，一个掌握了呼吸韵律、步伐节奏，进而掌控生活的自己，一个变得越来越好的自己。

专栏作家连岳把每次跑步都比作一个“战胜自我、控制自我”的小小战役：“跑过 40 分钟，接下来的每一秒都想放弃，此时你得不停地跟自己对话：再坚持 10 秒！再跑 100 米！漂亮，竟然又跑了两分钟！再燃烧 10 卡热量吧！你听，脂肪在痛哭！”

慢慢冲破一个又一个关卡的成就感，让人感觉一切尽在掌控之中。这是一份自我挑战，而跑者依赖它重建自己的新形象。

电影《推拿》中有这么一句台词：“这个世界上眼睛是有分工的，一部分眼睛负责看到光，一部分眼睛负责看到黑。”但脚步是没有分工的——只要你愿意，哪怕是借助跑步机、假肢、轮椅甚至滑板，都可以上路丈量这个世界，这是另一种权利的“平等”。

著名跑者艾米·穆林斯先天没有双腿，她却戴上假肢，在众人质疑的目光中，爱上了奔跑。在一次选拔赛中，才跑出100米，她的假肢便脱落了，她在5000多名观众面前摔倒。教练告诉她："捡起假肢，继续跑步，只有这样你才能得到尊重。"日后创造了残疾人径赛纪录的她，认为是跑步让她"找到了尊严"，"跑不过我的都别叫我残疾人"。

3年前，在波士顿马拉松终点附近观赛的丽贝卡因为爆炸受重伤，失去了她的左腿。而在去年的波士顿马拉松赛中，丽贝卡戴着假肢"卷土重来"。她站在大风大雨中跑完了5.6公里，冲过终点线后，她喜极而泣，引用了《圣经》中的一句名言——"那美好的仗我已经打过了，该跑的路我已经跑尽了。""我将用自己的表现向全世界宣布，我回来了，我比以往任何时候都更加强大。"

奔跑不仅仅局限于孤独的"单人模式"，除了身心与自然的融合之外，也可以选择相互支持与协作的"跑团模式"。和志同道合的跑友一起相遇、出发、挑战陌生地形，让跑者更有"找到组织"的温暖感。

国内某著名跑步论坛已有几十万名注册会员，而论坛最重要的功能就是"同城约跑"。深圳、长沙、郑州等多地还活跃着由残疾跑者组成的跑团。有人在"约跑"中找到了生意伙伴，还有人在跑步中找到了爱情，跑步在不经意间成了人们社交的新途径。

近日，英国林肯郡一所小学的6年级男孩们，在毕业运动会上自愿手搭着手一起慢跑，让班上患有唐氏综合征的同学罗里·凯特尔斯在100米赛跑中获得了冠军。罗里事先并不知道同学们的安排，赢得冠军后他欣喜若狂。运动会当天，场上的人们无一不为这暖心的举动流泪。

轮椅跑者林文超回忆参加一次比赛的感受时说："爬到另外一个上坡的时候，实在力气不够了，这时候出现很多以前不认识的选手，他们会在背后这样推我一把，所以那时候发现，其实融入一个社会中，不像我们之前想的那么难，也正是因为这样一次偶然的机会，我感觉这种体验太棒了。”

除了身体愉悦，跑者同时还收获了“角色愉悦”。他们的脚印与辙迹在跑道上汇成江河，看似偶发的个人活动碰撞成为社交与潮流，挑战并更改着俗套运转着的旧城市，个体的“心灵炼金术”终将推动庞大群体的缓慢转型。

无论晨昏、无关季节，有人欣喜地飞驰，有人慢步沉思。作为人生与时代的隐喻和缩影，跑步提供了一套哲学含量丰富的提纯方式——像一把出现在前方的钥匙，引诱人们不断超越现实，跟未知的自己相遇。

不喧哗的方式

子沫

榜样焦虑症

在微博时代，信息大爆炸，各式新颖的生活方式和形形色色榜样级的人物很容易就进入我们的视线，他们用自己的行为告诉你，你也可以这样。

阿倩就是我身边积极向上的人，喜欢做的事就是随时给自己和孩子找榜样，并且看到好的就热血沸腾地开始学习、模仿。

有段时间，她的榜样是一位烘焙蛋糕的达人，在博客上发各种蛋糕制作程序的照片，摆出各种诱人的造型，大谈自己的家人如何吃得心满意足，她一下就成了阿倩的偶像。阿倩立刻购回烘焙箱、面粉、温度计，以及各类工具，还把各种资料打印成册，准备大显身手，可是试了两回，失败之后，就提不起劲了，各式工具又束之高阁。不是每个人都有巧妇之手，有些事你就是做不好，没有原因。

去年，阿倩给自己找的榜样是一个利用假期去过很多国家旅行的女人。阿倩羡慕她的精彩，把她当榜样，列出想去的地方和路线，整天沉浸在各种计划中，被各路美景图片弄得神魂颠倒。好不容易下定决心订机票去了趟三亚，可是飞机晚点，睡眠不好，路遇小偷，吃饭被宰……种种不悦，让她几天时间瘦了一圈，一点儿都没体会到所谓的乐趣，这说明她并不是一个适合旅行的人。

还有段时间，阿倩的榜样又转移了，是一位网购达人，善于寻找各式海外代购店，买的东西又便宜又好。她也按照提示去找，却总是买到假货，花钱又受累，还熬夜，眼睛严重受损，精神压力极大，便宜没捡着，反而赔了夫人又折兵。毕竟高手只是少数，有些东西学也学不来。有的人做某件事能找到乐趣，对另一些人来说却是受罪。

榜样给她带来的只是种种焦虑、种种嘈杂和干扰。

她的想法改变，缘于一次和朋友的聊天。那位朋友刚从新加坡回来，多年前因为要带孩子出国读书，辞了工作，付出了很多。当时出国只是因为大家都把孩子往外送，她认为自己也有这个条件，也可以。事实远没有她想象的那么简单，新加坡好是好，但她始终没有融入当地的社会，各种纠结和心酸很难一一表述。

阿倩终于停止了给自己找榜样。其实，做自己难吗？

不行，就小点儿

“不行，就小点儿。”这是一位长辈对于慧说的话。

当时，于慧想开一家校园日式餐吧。理想的面积是 60 平方米，但是租金太高，她承受不了，放弃吧，又实在不甘心。正在烦躁时，一位长辈对她说了这样的话：“如果你有想法，在 20 平方米的空间，一样可以施展，只不过是小点儿，这不是问题。重点是，你想做成什么样。”于是，她真的开了一家只有 20 平方米的小铺子，除了吧台，只有两张散台。但是，正是这样的日式特色，显出了氛围，人气很旺，生意好得令人难以置信。看着每天围坐在吧台看她煮料理的客人，她无端生出许多感动。

这件事让她明白了很多。她觉得现在住的房子大了，利用率很低，而且还得承受不必要的压力，于是，她就换了一种思路：如果我把大房子换成 70 平方米的两室一厅，然后用多余的钱带父母去旅行，生活是否会不一样？她真的按这个想法做了，把大房子换成了环境不错的两居室，户型很紧凑，客厅兼作书房，竟有意外的效果。多出来的 40 万元，她把 20 万元存了定期，20 万元制订了带父母旅行的计划，住好的酒店，去想去的地方。在欧洲的古堡酒店，她给我发了信息：“其实实现梦想真的不难，不行，就小点儿。我真的明白了当时老师的话。以后，对父母，我没什么遗憾，我把未来的钱花在父母和自己身上。至于孩子，他们有自己的未来。”

一个我尊重的台湾人，说他这样过周末：做清淡的四菜一汤，手洗几件白衬衣，然后在老城区步行一小时。他这样过得很开心。

种种不喧哗，真好。

生活与平衡

琚峰

印象中物理学上似乎有这样一个概念，是说当一个物体所受的几股力量相互抵消时，这个物体就达到了受力的平衡状态。将此定理更换到人生哲学的角度，可以得出一个结论：实现生活的平衡并不简单，我们往往需要做一番努力，抵消一些东西。

所谓生活的平衡，首先应当包含精神的自在状态。罗素先生写过一本书，叫《幸福之路》，全书分为“幸福的原因”和“为什么不快乐”两部分，其中幸福的原因包括了家庭、爱情、闲暇、工作等等，不快乐的原因则有竞争、炽情等。这里的炽情指的就是某种不适当、过度投入的精神状态，是一种生活极度缺乏平衡的体现。照罗素先生的说法，倘若为了生活中的某一种要素，而牺牲了其他的许多，是万万不应当的。

罗素本人 5 岁的时候，曾经觉得人生不堪忍受，因为如果按活到 70 岁算的话，他才挨过了人生的1/14。直到他发现了数学和哲学中的乐趣，发现了当时所居住的彭布罗克邸园的自然之美后，一切才仿佛豁然开朗。从此罗素对生活充满了热爱，以至于当他的威廉舅公郑重地告诉他，人类享受生命愉悦的能力将随年龄的增长而衰退时，他又惊又怕地流了一夜眼泪。

对于大部分人来说，平衡生活的一条重要途径即是增加生活的元素，多培养一些爱好，工作的时候专注认真，闲暇的时候“洗一个澡，看一朵花，吃一顿饭”，像钱锺书先生那样心上没有挂碍，让轻松的灵魂专注于肉体的愉悦。这样使生活丰富起来，生活自然也就趋于平衡。

从另一层意义上来说，精神的自在状态又取决于人们是否按内心所求来生活。每个人对平衡不同的标准存在于他们内心最隐秘的深处。对于卡尔维诺《我们的祖先》系列故事中那个树上的男爵而言，上树便是他所追求的平衡点。一天中午，这位男爵在同他庄重的家庭成员们进餐时，勇敢地拒绝了一盘蜗牛，随后出人意料地爬到了树上，并且再也没有正式地下来过。我想他之所以上树，是因为他之前生活的天平过多地偏向了无趣与呆板，为了平衡天平两端，他大概只得上树。男爵所做的，是打破了以往的生活，打破了不平衡。

与此相同的例子还有《月亮与六便士》中那个以高更为原型的画家。某日他突然抛家弃子，舍弃一切到南太平洋的塔希提岛上去创作古怪的美术作品。这些看似与疯人无异的行径，其实恰恰符合他们内心所追求的平衡。

再次回到普通人的生活视野当中，我看到丰富、适度、服从内心深处的冲动是平衡生活的要诀。学学村上春树，按时写作、跑步，专注于内心所爱，终于也就能理解和享受这样一种生活：“不管全世界所有人怎么说，我都认为自己的感受才是正确的。无论别人怎么看，我绝不打乱自己的节奏。喜欢的事自然可以坚持，不喜欢的怎么也长久不了。”

失去平衡是平衡的一部分

黄佟佟

这是一个古怪的女人，如果你在街头碰到她，你一定会被吓一跳。她上身穿一件肥大的格子衬衣，下身着一条蓝色运动裤，脚上是一双旧解放鞋，一条嫩黄色长裙有时系在运动裤外，有时当抹汗的颈巾，身上挂着一台旧照相机，相机上系着大大小小的毛巾。

一个快 60 岁的女人，一生无儿无女，独居在弟弟发达之后送给她的房子里。她从小生活在南丫岛一个极度贫困的家庭，父亲是跑船的船员，常年不在家，全家靠母亲卖茶果、卖凉粉、种菜、养猪为生。因为她是大女儿，所以弟弟妹妹几乎都是她带大的，“六七岁就要做家务，每天 6 点起床卖茶果，卖完赶紧回家做家务，烧柴、煮饭，还要给弟弟妹妹喂饭、换尿片……”因为母亲严重重男轻女，她读到小学 6 年级就辍学去打工。到 26 岁的时候，因为弟弟要结婚，家里房子太小，她就被母亲赶出家门。

大半生做着底层的工作，又因为从小看到女人为妻为母的不容易，她终身都没有结婚。她大半生里只要存了一点儿钱，假期就会去各地旅行拍照，户头上常年只有 1000 块钱。

按我们常人的理解，这个女人一辈子可怜极了、狼狈极了，生活全面失衡。可是站在我们面前的她很快乐，她快乐的原因是她历经半生终于找到了自己想要的生活。尽管她有一个很有钱的弟弟，但她从不惦记着要从他那里得到什么，她一直靠自己的努力独立生活，她所做的一切都是自己的选择，她所做的一切都是自己喜欢的事。年近 60 的她，可以用整整 4 年的时间躲在草丛里拍蜻蜓，“一年只有两个月可以拍，不可以太热，下雨也不停，我就喜欢挑战高难度”。她在她的摄影展上穿着红衣，化着妆，笑容很灿烂，没有一丝阴霾。

这位女性叫周聪玲，影星周润发的胞姐，香港著名女摄影家，2015 年 3 月她开了自己的摄影展——“心眼看大千世界”。听完她的故事，我真的很受震动，因为我看到的不是一个成功的个案，而是一个人在完全失衡的人生里找到属于自己的平衡的故事——她把生活给予她的一切都当成礼物，她的满足和快乐甚至感染了她的巨星弟弟，身家十几亿的周润发也和姐姐一样，拿起相机，翻山越岭，到处拍摄。到最后，姐弟俩走过了 40 年的风霜，才发现彼此原来殊途同归，走上了同一条路。

有时候，我们很不幸，遇到一个无法改变的失衡的世界，怎么办？也许最要紧的是面对失衡，接纳失衡。因为，失衡的人生，本身就是人生的一部分，就像阴影是光明的背面，不完美是完美的背面，而失衡是平衡的背面。

不是每个女子都必须是美女，不是每一种人生都必须幸福，不是每一秒钟都必须平衡，也许，人生本就是从一个平衡跑向另一个平衡的过程。

当失衡降临，我们最应该做的也许就是坐下来，静静地面对自己仓皇恐惧的灵魂，问问自己，是什么让我们失衡，失衡究竟有没有那么可怕。如果没有那么可怕，那么在失衡的震动里，我们可以为自己做点什么。

在所有关于求取平衡的秘诀里，我最喜欢的一句话是电影《美食、祈祷和恋爱》里智慧上师的那句台词：“有时候，失去平衡恰恰是平衡的一部分。”

十件我还相信的事

冯唐

母校协和医学院组织我们几个毕业十多年的学生返校座谈，自由提问的时候，一个男生问：“我们最想知道的不是医改、医德、医技，而是你们毕业这么多年，现在最想告诉我们的是什么？”当时，我想到了十点。

第一，我信命。麦肯锡在合伙人中做了一个调查：你晋升为合伙人的最大因素是什么？80% 的人第一个说到的是运气。老天赏饭，你身上的能量是借给你的，人都会死的，“法尚应舍，何况非法”。

第二，我信邪。我信精神的力量、人的潜能、怪、力、乱、神。往大里看，地球就是一个弹球，往小里看，芝麻就是一个宇宙，未知的永远比已知的多太多。

第三，我信简单的快乐。

第四，我相信当下。不要一本教科书背 5 遍了。去打打球，享受身体，

10 年后你的身体一定和现在不一样。去陪陪你现在的女友，10 年之后，她很可能早就跟别人跑了。通常来讲，父母比我们要早走，先抓紧看活人，他们走了之后再看照片。

第五，我相信常识。剪鼻毛比穿名牌西装重要，小学应用题远比大学微积分重要，知道一张从香港到北京的机票多少钱远比知道朱元璋是哪年死的重要。

第六，我相信真我。真我不是自我，自我是长歪了的盆景。108 个现代老大开会，每个人都看手机、发短信，心里想着：我，我，我……这些是自恋的、长歪了的自我，坠阿鼻地狱，离佛千万里。

第七，我相信传承。我相信手艺能够接续，几乎断了的文脉也能复兴。

第八，我相信创造。我相信自由精神、独立思考。

第九，我相信中庸。过犹不及，给别人留有余地。

第十，我相信“不二”。有一天，车过无名山丘，我忽然意识到：山就是山，它不知道你叫它什么。不管你在山顶盖豪宅，还是在山脚下盖便利店，它都不增一寸，不减一分。本一，不二。但是这一瞬间，山笑了笑，无比妩媚，艳冠古今。

让伤疤微疼

王纯

去朋友家做客，发现他的书桌上有一个小记事本，封面上写着“让伤疤微疼”。

打开本子，上面写着：某年某月某日，做了个小手术，虽然不是大毛病，但要记得，是该储蓄健康了，伤疤好了，别忘了疼。某年某月某日，工作失误，第一次犯这样的低级错误，主要原因是马虎，同样的错误不能犯第二次。某年某月某日，母亲突然晕倒，到医院检查是血压高，多关注老人的身体，千万不能忽略了，爱可能会来不及……诸如此类，都是生活中遇到的一些问题，提醒自己一定要警醒，所以他说“让伤疤微疼”。

我不由被朋友的良苦用心打动了。

想起我的一个表舅，事业蒸蒸日上，加班加点是常有的事，突然有天就脑出血了。在医院接受治疗时，他叹着气说：“人啊，真没必要拼死拼活地干。身外之物，生不带来，死不带去，只有身体和健康是自己的。”大家也都劝他，保重身体，少挣点钱没关系，他点头答应。

刚出院的时候，表舅的手脚还不利落，在家休养，养花种菜，过得也很开心，大家都以为他想开了。没过多久，有一笔大生意来了，他竟不顾家人劝阻，又开始没日没夜地工作，有一天，一头栽倒，再也没有站起来。大家都说，他吃了“好了伤疤忘了疼”的亏。

生活中，我们都太容易“好了伤疤忘了疼”，不会吸取教训。还有一部分人则走向另一个极端，对疼痛耿耿于怀，从此做什么事都畏手畏脚。

让伤疤微疼，是一种智慧。把经历的伤痛默默记在心上，时时提醒自己，伤疤虽然结痂，但要让自己的心微疼。过去的一切，都是宝贵的经验，失败和伤痛更是一种难得的财富，要懂得利用。

让伤疤微疼，也需要勇气。有了伤疤，有些人千方百计选择各种“疤痕灵”消除伤疤，说是忘记伤痛，重新开始。其实最明智的做法是，在伤疤上文上一朵花，提醒自己，曾经伤过。人要有直面伤疤的勇气，要留有疼痛的记忆。只有这样，才能让自己少受伤害。

让伤疤微疼，不是在伤痕的历史中停滞不前，作茧自缚，让阴影永远笼罩。让伤疤微疼，类似涅槃后的精神重生，是痛苦之后的大彻大悟。

孤独，是生命的礼物

这世界上一些孤独而优秀的灵魂之所以孤独，是因为他们将温馨与欢乐不求回报地赠予了世人。

孤独温暖的旅程

铁凝

有一个冬天，在京西宾馆开会，好像是吃过饭出了餐厅，一位个子不高、身着灰色棉衣的老人向我们走来。旁边有人告诉我，这便是汪曾祺老。当时我没有迎上去打招呼的想法。越是自己敬佩的作家，似乎就越不愿意突兀地认识。但这位灰衣老人却招呼了我。他走到我的跟前，笑着，慢悠悠地说："铁凝，你的脑门上怎么一点儿头发也不留呀？"他打量着我的脑门，仿佛我是他认识已久的一个孩子。这样的问话令我感到刚才我那顾忌的多余。我还发现汪曾祺的目光温和而又剔透，正如同他对于人类和生活的一些看法。

不久之后，我有机会去了一趟位于坝上草原的河北省沽源县。去那里本是参加当地的一个文学活动，但是使我对沽源产生兴趣的却是汪曾祺的一段经历。他曾经被下放到这个县劳动过，在一个马铃薯研究站。他在这个研究马铃薯的机构，除却日复一日的劳动，还施展着另一种不为人知的天才：描绘各式各样的马铃薯图谱——画土豆。汪曾祺从未在文字里对那儿的生活有过大声疾呼的控诉，他只是自嘲地描写过，他如何从对于圆头圆脑的马铃薯无从下笔，到后来竟然达到一种“想画不像都不行”的熟练程度。他描绘着它们，又吃着它们，他还在文字中自豪地告诉我们，全中国像他那样吃过这么多品种的马铃薯的人，怕是不多见呢。我去沽源县是在夏天，走在虽然凉快但略显光秃的县城街道上，我想象着当冬日来临，塞外蛮横的风雪是如何在这里肆虐，而汪曾祺又是怎样挨过他的时光。我甚至向当地文学青年打听了有没有一个叫马铃薯研究站的地方，他们茫然地摇着头。马铃薯和文学有着多么遥远的距离呀。我却仍然体味着：一个连马铃薯都不忍心敷衍的作家，对生活该多有耐心和爱。

1989 年春天，我的小说《玫瑰门》讨论会在京召开，汪曾祺是被邀请的老作家之一。会上谌容告诉我，上午 8 点半开会，汪曾祺 6 点钟就起床收拾整齐，等待作协的车来接了。在这个会上他对《玫瑰门》谈了许多真诚而细致的意见，没有应付，也不是无端地说好。在这里，我不能用感激两个字来回报这些意见，我只是不断地想起一位著名艺术家的一本回忆录。这位艺术家在回忆录里写到当老之将至，他害怕变成两种老人，一种是俨然以师长面目出现，动不动就以教训青年为乐事的老人；另一种是唯恐被旁人称“老”，便没有名堂地奉迎青年，以证实自己青春常在的老人。汪曾祺不是上述两种老人，也不是其他什么人，他就是他自己，一个从容地“东张西望”着，走在自己的路上的可爱老头。这个老头，安然迎送着每一段或寂寥或热闹的时光，用自己诚实而温暖的文字，用那些平凡而充满灵性的故事，抚慰着常常焦躁不安的世界。

我常想，汪曾祺在沽源创造出的“热闹”日子，是为了排遣孤独，还是一种难以排遣的孤独感使他觉得世界更需要人去抚慰呢？前不久读到他为一个年轻人的小说集所作的序，序中他借着评价那个年轻人的小说，道出了一句“人是孤儿”。

我相信他是多么不乐意人是孤儿啊。他在另一篇散文中记述了他在沽源的另一件事：有一天他采到一朵大蘑菇，他把它带回宿舍，精心晾干（可能他还有一种独到的晾制方法）收藏起来。待到年节回京与家人短暂团聚时，他将这朵蘑菇背回了北京，并亲手为家人烹制了一锅鲜美无比的汤，那汤给全家带来了意外的欢乐。

于是我又常想，一位囊中背着一朵蘑菇的老人，收藏起一切孤独，从塞外凛冽的寒风中快乐地朝自己的家走着，难道仅仅是为了叫家人盛赞他的蘑菇汤?

这使我始终相信，这世界上一些孤独而优秀的灵魂之所以孤独，是因为他们将温馨与欢乐不求回报地赠予了世人，用文学，或者用蘑菇。

作为读者的谦虚

蒋方舟

在北京，我目睹过很多场次的“作者见面会”。即使是比较小众和默默无闻的作者，也有人数多到超出预计的读者早早抢占座席，看来“吃到了鸡蛋，不必见下蛋的母鸡”的说法，并没有深入人心，人们还是要去听讲座——重点是看看那个作者，看看他和自己想象中的那个人吻合程度有多少。然后就到了提问的环节，一些人抓住这个机会，开始大段大段地阐述自己的看法，然后以“你认为我说得对不对”来结束提问——其实，这不是抓住机会，而是过度关注自我，忽视作者，浪费了这个机会。

我读过一篇文章，是“水晶先生”写自己拜会晚年张爱玲的经历。那时的张爱玲深居简出，不见朋友，更不见读者或“粉丝”，水晶先生幸运地得到见面的机会，却浪费了这个机会。那是一次尴尬的拜会，也是一篇尴尬的文章。全篇都是水晶先生滔滔不绝地讲自己如何看待张爱玲的作品、如何看章回体小说、如何批评沈从文与钱锺书，然后张爱玲说："嗳。""很赞同。"唯有一处，水晶先生说《金瓶梅》不好，而张爱玲很诧异，说自己每次读到宋蕙莲以及李瓶儿临终两段，都要大哭一场。水晶先生接下来又开始为自己辩护，坚持认为《金瓶梅》写得粗糙、单调而淫秽……如果水晶先生能够从绵延不绝的自我关注中抽出一两秒钟，观察一下张爱玲的反应，他是否会发现她的表情是在哂笑呢？

我在年少无知、阅读甚少的时候，也是这样一个读者。别人看动漫、看言情小说，我不屑，我找米兰·昆德拉、尼采来看，一方面是为了接受采访的时候能够引用他们的话；另一方面，也是抱着挑剔和反驳的目的，读一两段就在旁边标注："写得也不怎么样。""真的吗？""我看不懂，是他表达得不清楚？"

直到我上高中时的一个下午，读到赫尔曼·黑塞的《荒原狼》中的一段话："因为我跟你一样。因为我也和你一样孤独，和你一样不能爱生活，不能爱人，不能爱我自己，我不能严肃认真地对待生活，对待别人和自己。世上总有几个这样的人，他们对生活要求很高，对自己的愚蠢和粗野又不甘心。"这段话穿透了纸张，穿越了时间和空间，准确地指向我的内心，让我看到一个我未曾发现过的自己。我才意识到，读书的目的不是为了求异，而是为了求同，我的幼稚和自大轰然崩塌，回归到一个读者应有的谦虚。

什么是一个读者的谦虚？中国古代私塾的教学方式，叫作"素读"，意思是看书的时候不带自己的观点，脑袋空白地看。不在书本周围砌起预备的知识围墙，不做价值判断，不添油加醋，不预设任何目的。如同弗吉尼亚·伍尔夫所说，理想的阅读是"不要向作者发号施令，而要设法变成作者自己，做他的合伙者和同伴"。

阅读，如同走进一座陌生的建筑，或是走向一个陌生的人。然后，等待。等待他走向你，与你分享他的人生。如同《金瓶梅》中清河县城的李瓶儿准确地找到旧金山的张爱玲。我们阅读，在他人的经验中找到自己的影子，发现一群像自己但比自己更优秀的人组成的世界，他们的四周是荒野，头顶是星辰。他们帮助我们抵抗脆弱的友谊、不完美的爱情，抵抗由孤独引发的脆弱等一切打击，让我们能够更轻盈更辽阔地生活着。

越来越多的人告诉我，读书这件事最终会变得像采购一样——不需要亲自去实施，有人会替你完成。比如现在有很多渊博的人在做这项工作，他们把一本书拆解、打烂、萃取、重塑，然后用几分钟的视频节目或是广播，把书中“有价值的内容”讲给你，就像电影预告片，把打斗、爆破、激情戏全部剪辑在一起，让你觉得看过“精华”之后，没有必要再看正片。

而我将永远拒绝让人替我阅读，因为阅读是极个人化的，是我的最大乐趣之一。书的本质，是孤独的作者与破碎的社会之间的一种交流方式，作者发出声响，或许几百年后，在青灯孤照的图书馆，一个孤独而谦虚的读者会报以应和的回响。

精神生活的脱俗之气

陈丹燕

现在中国游客有钱了，自由了，到欧洲旅行，不再是什么惊天动地的大事。他们也不再是拘谨的游客——小心翼翼地，生怕自己做了不该做的事，给别人添了麻烦。现在很少还有人紧张而安静，中国人变得喧哗而且物质，更是自信的。不止一次，我听到年轻的中国游客批评意大利餐馆服务生的缓慢和法国服务生的心算能力。那些年轻的声音半开玩笑半认真地说："难怪欧洲的经济一塌糊涂，GDP 少得可怜。"他们一定以为自己说的是中文，即便当面这样说，也不算不客气。不少人对欧洲失望，因为那里的高楼还没上海多。

中国来的游客，大多是浮躁的。他们太有钱，因此敢于暴殄天物。他们开法国最好的葡萄酒喝，但掺上碳酸饮料；他们去参观宫殿，但在地毯上擦鞋底；他们去导游书上介绍的最出名的餐馆吃饭，但会在桌上剩下大量的食物，并将鱼刺吐在桌布上；他们不远万里来到罗浮宫，但只看胜利女神像和《蒙娜丽莎》。他们并不仔细看，而是想违反博物馆的规定，与这两样东西合影。他们也去当地最出色的教堂、山脉、小镇或者街区参观，他们非常关心那些标志性的地点，因为一定要在那里留张影。

其实，真不是所有的人都这样聒噪，但他们竟代表了中国海外游客的气质和形象，因为世界被这样的游客“雷”到了。

我觉得惭愧。这些年来，我开始害怕别人礼貌性的问题：“你打哪里来呀？”对一个显而易见的外国人，许多人都是这样开始寒暄的。现在说到中国人，人们常说：“啊，你一定很有钱。”说到上海，人们也常说：“我知道，就是那个全是摩天玻璃楼的地方，经济腾飞。”这两样都不是我喜欢的。而且，我认为这都不是事实。

那一年在伦敦，我领悟到了中国海外游客的变化和自己的变化。每当在报纸上看到黄金周时中国海外旅行线路大幅涨价但仍然线路拥挤的消息，我的耳边总是非常及时地响起那个清脆而兴奋的女声：“要是不去牛津街买东西，简直就是浪费。”

我的旅行仍旧在继续。

2009年秋天，一个秋雨迷蒙的上午，我去都柏林的国家美术馆看蒙克的展览。还记得，大学时代我在一本《外国文艺》的封二上第一次看到蒙克的《呐喊》时，心里的震撼。就是在那本杂志上，我读到了卡夫卡的《城堡》和《变形记》，读到了《伤心咖啡馆之歌》，读到了《恶之花》。我在一个思想禁锢的时代里度过自己的少年时代，现代主义的启蒙是在大学时代完成的，所以，我一直记得与这些现代作品相伴的古怪而令人难以忘怀的纯真心情。

我为自己能在都柏林邂逅挪威的蒙克而感到幸运。

我本打算到美术馆楼下的咖啡座去吃饭的，外面冷风冷雨，室内显得格外明亮而温暖。

我路过寄存处，寄存处的外面有一个小小的休息区。一对看上去六七十岁的中国老夫妇坐在窗边的木椅上，正在吃他们准备好的午餐。他们之间的椅子上铺了一小块白色的餐巾，上面放着三明治和苹果。

我看见他们安静地吃着三明治。他们穿着简单而干净的衣服。我听到他们间断地讨论了蒙克和楼上另一间展厅里杰克·叶芝的小幅油画。

他们说到印刷品与真品之间的差距。和我一样，他们也觉得印刷品第一眼总是给人留下极为深刻的印象。在我的少年时代，他们的青年时代，印刷品给人带来的震撼，会像炸弹留下的伤口那样，永远不能改变。甚至等后来见到真品时，心中会有从想象到现实的巨大落差。

我感到自己的心突然安静下来，那种愉悦和踏实是从前我自己在博物馆里常常感受到的。中国人在博物馆里飘忽的背影中那种失落，是我非常熟悉而且珍惜的。那是我们中国人受到不同于其他游客的精神震荡留下的痕迹。

我其实很想与他们攀谈。

我已经走过去了，却又走了回来，再次经过他们身边。

但他们一点儿也不想与我说话。我检讨自己，难道我很不幸看上去像是去牛津街扫货的人吗?

他们很快收拾起食物，离开了。

他们的冷淡并未触怒我，因为我喜欢他们的清高和节俭。他们看上去清清爽爽，充满了精神生活的清新脱俗之气。

我在他们身边走来走去，真的很怀念从前那些出现在博物馆里的注重精神游历的中国游客。我怀念他们的纯真，怀念他们向往和追求精神享受的那种书卷气，怀念他们对欧洲艺术由衷的爱意和沉默的表达，怀念他们的清贫和自尊。我领悟到，那些小心翼翼，与其说来自陌生，不如说来自自尊。

他们这些人，看上去平淡而安静，其实内心纯真，从无物质的羁绊。他们的眼睛因为看到，并看懂了好东西而灵光闪烁。他们的背影，因为正在享受精神上的交流而微微弓起——那难道不正是一个沉浸在精神世界里的人，身体最舒服的姿势吗?

我忍不住要打扰他们。也许是我的大大咧咧，不像他们的轻微封闭，让他们觉得“非我族类”。

旅行是如此私人的行为，所以我不能批评令物质主义者欣喜若狂的欧洲百货商店之旅，但我非常喜欢自己是老夫妇那样的，静默而节俭的中国游客中的一员。

群体性孤独

〔美〕雪莉・特克尔
周逵　刘菁荆　译

麻省理工学院社会学教授雪莉・特克尔为了研究人与机器人之间的互动，15 年来深入两家养老院，对 200 多人做实地研究。她认为信息技术在给人们带来沟通便利的同时，也使人与人之间的关系弱化。人们发短信、发邮件、上社交网站、玩电子游戏，从形式上看人们之间的联系似乎更轻松、更密切了，但实际上更焦虑、更孤单。

我们通过机器重新定义了自己

技术是极具诱惑力的，因为它能弥补人性中脆弱的一面。而我们的确是非常脆弱、敏感的物种。我们时常感到孤独，却又害怕被亲密关系所束缚。数字化的社交关系和机器人恰恰为我们制造了一种幻觉：我们有人陪伴，却无须付出友谊。在网络世界中我们彼此连接，同时也可以互相隐身。比起面对面交谈，我们更习惯于发短信交流。一位年近五旬、忧心不已的母亲讲述的这个故事，就能很好地说明这一点：

> 我当时正在寻找一个新保姆。通常，我都希望在应聘者自己的住所面试她们，因为我认为这样能够更好地考察她们。所以，当一个叫罗尼的人来应聘时，我和她约定了面试时间。她的室友为我开了门。我告诉她我是来面试罗尼的，能否帮我敲敲罗尼的门。这个女孩看上去非常惊讶："噢，不行。我从不敲门，那样太冒昧了，我会给她发短信。"于是，她发了一条短信给离她不到 5 米的罗尼。

我们的生活为何变成如今的模样，我们是否满意这样的生活？人们很早就开始借助互动式、反应式的计算机反思自我，思考人与机器之间的区别。计算机不再等着人类来赋予它们意义。如今的社交机器人能与我们进行眼神交流、侃侃而谈，并学着识别我们。它们向我们卖萌求收养，我们也想象着有一天它们能给我们以回馈。如今机器人设计领域讨论最多的话题正是关于陪护功能的研发。这些新兴技术预示着什么？一些人希望未来机器人能帮忙清洁地毯、洗衣服，另一些人甚至希望发明机器新娘。社交机器人是真实人际关系的一种替代，而网络终端设备提供的计算机中介式社交，则是真实人际关系的另一种替代。当我们和机器人谈情说爱、和智能手机难舍难分时，我们通过机器重新定义了自己，也重新定义了我们与他人的关系。当人类寂寞难耐时，网络正散发着迷人的魅力，但倘若我们沉迷于此，则会错失独处的快乐。

何为“真实”

2005 年 11 月末，我带着 14 岁的女儿丽贝卡来到坐落在纽约的美国自然历史博物馆，参观达尔文主题展。展览入口处陈列着两只巨大的海龟。它们来自厄瓜多尔西部的加拉帕戈斯群岛，也正是在那里，达尔文展开了声名远播的进化论研究。博物馆将这两只海龟视为奇珍异宝。在充斥着各种塑料模型的博物馆里，只有它们是活的，而且和达尔文在 150 多年前看到的加拉帕戈斯海龟一模一样。有一只海龟藏了起来，另一只则蜷缩在笼子里，纹丝不动。丽贝卡仔细地观察着这只海龟，过了一会儿，她说：“他们完全可以用一只机器龟的！”我大吃一惊，问她什么意思。她说，如果海龟只是在博物馆里无所事事、一动不动的话，完全没必要千辛万苦把它从太平洋的小岛运到纽约。她十分同情这只海龟过着被监禁一般的生活，却对它的真实性无动于衷。

我开始与其他父母和孩子交谈。我的问题是：“你会在意这不是一只真的海龟吗？”一个 12 岁的女孩坚定地说：“它们什么也不用干，没必要用活的。”

达尔文主题展把生物的真实性问题放在了醒目位置，不仅展出了达尔文当年做野外研究用的放大镜，而且还有他用过的笔记本，上面记录着他第一次阐述进化论时的名言妙句。但是，孩子们面对迟钝的、会呼吸的加拉帕戈斯海龟时的漠然态度，使这次主办方关于“真实性”的卖点几乎没有什么立足之地。这次在博物馆的见闻，让我想起丽贝卡 7 岁时的另一件事。那次我们乘船游览地中海，那段时间丽贝卡正热衷于电脑上的模拟鱼缸软件。因此，当她发现海水里有什么东西在动时，兴奋地指着喊道：“噢，这是个水母！它看起来像真的一样！”后来我把这件事告诉迪士尼公司的一位副总裁，他说他一点儿都不惊讶。因为当年迪士尼“动物王国”主题公园在奥兰多市开张的时候，主要的卖点就是里面养了各种“真”的动物——都是活体动物。然而，来到公园的第一批游客却对此怨声载道，他们抱怨这些动物看起来不如其他迪士尼公园里的电子动物那么“真实”。

机器人对此一无所知

居住在波士顿城郊养老院中的72岁的老妇人米丽娅姆给我留下了深刻的印象。她是我关于机器人与老年人的研究中的一位参与者。她穿着宝蓝丝绸上衣和修长的黑裤子。虽然表现得既优雅又镇静，但她仍然流露出难以抑制的伤感情绪。这一方面是因为她的处境：对于一个曾是波士顿最有名的设计师来说，护理之家是一个荒凉又孤单的地方；另一方面，她的儿子最近和她断绝了母子关系。他在西海岸有自己的工作和家庭，每次他探望母亲的时候，都会与她发生争执——他觉得她想要的太多，超出了他的承受范围。现在，米丽娅姆安静地坐着，轻抚着“帕罗”——一个格陵兰小海豹形状的社会型机器人。“帕罗”，日本制造，由于对病人、老人和情绪障碍人士具有表面上的积极效果，因此被广告商称为首个“治疗型机器人”。“帕罗”能通过传感器识别人的声音方向，从而做出眼神交流的动作；它触觉灵敏，而且有一小部分英语词汇量来“理解”它的用户。最重要的是，它能根据用户对它的态度设定自己的“心灵状态”。例如，它能识别自己是正在被轻柔抚摸，还是受到了侵犯。现在，有了“帕罗”，米丽娅姆沉醉在自己的白日梦里，小心翼翼地轻抚着机器人的皮毛。

多年临床医生的实践训练使我相信，人与人之间如果面对类似这样的情景，可能会起到深度治疗身心的效果。通过为他人提供最需要的支持，我们能修复自身的心灵创伤。但是换作一个悲伤的女人和一台机器人，又应该怎么处理呢？我不知道一只宠物能不能感知米丽娅姆的沮丧和失望。我只知道，在米丽娅姆和她的机器人“帕罗”之间，在某个时刻的确发生了一种显而易见的联系，在这个时刻，她得到了宽慰，但机器人其实对此一无所知。虽然米丽娅姆貌似经历着某种与他人的亲密联系，但她其实还是孤身一人。她的儿子离开了她，所以她寻求来自机器人的安慰，在我看来，这同样是我们对她的一种抛弃。

人为什么会恐惧自由

吕峥

我看过一部电影，获得奥斯卡最佳影片提名的《房间》。故事说的是一个名叫乔伊的女孩被变态者诱骗，她被囚禁在一间十平方米带密码锁的房子里达七年之久。在此期间，她遭到强奸，生下了儿子杰克。杰克长到五岁都没见过外面的世界，不知道落在天窗上的枯叶是什么东西，分不清电视里真人和动画之间的区别——乔伊无时无刻不想挣脱牢笼，但她却给儿子编织了一个又一个美丽的童话，使其幸福快乐地成长。

但一次停电促使乔伊下定决心自救。她先后让杰克装病、装死，试图骗过来探视他们的变态者。然而，杰克非常恐惧，不愿合作。于是乔伊亲手粉碎了由她缔造的童话故事，告诉儿子墙外的世界很精彩，以此引导他对自由的向往。可惜结果不尽如人意。杰克陷入巨大的恐慌，不相信一墙之隔的那个世界是真实的，一口一个“不可能”，甚至说乔伊是“骗子”。

乔伊很痛苦，把自己被拐的经历讲了出来，谁知儿子怒吼说“这个故事太无聊”；乔伊又说“你已经五岁了，应该帮我一起改变现状”，儿子说“我想回到四岁”。

看到这一幕，我想到的是社会学名著《逃避自由》。人对未知的世界怀有本能的恐惧，对看不见、摸不着的东西持有本能的怀疑，在“得不到”和“已拥有”之间往往更珍视后者。因此不难理解为什么人很多时候会害怕自由，为什么《肖申克的救赎》里被监狱驯化好了的犯人，即使被释放出狱，也哪儿都不想去。

自由从来就不是一种最迫切的人性需要，懒惰和贪婪都比它更有市场。只有在比较当中，自由的重要性才能显现出来。

我们身处一个互联网恐慌的时代，电商抢了实体店的生意，新媒体断了很多纸媒的活路。移动互联网砸掉了许多蓝领的饭碗，人工智能又将消灭更多白领的工作岗位。技术狂飙突进，信息空前爆炸，人是不是比以往更自由了呢？

自由曾经是一种解脱，现在却带来新的枷锁。我们以为互联网打破了权威，以为钻进吹嘘商业模式、贩卖互联网思维的社群便融入了移动互联时代，殊不知这只是为了满足虚幻的安全感而主动放弃思考后的媚俗与无知。

所有人都只看穿越网剧和所有人都只看八个样板戏同样可怕，因为放眼望去，皆是一望无际的文化沙漠。并且，前者的迷惑性更强，它让你误以为那是自己的声音、自己的选择，大脑缴械投降，谎言长驱直入，在你的意识领域占山为王。

对比早期的 BBS（电子公告牌系统）和现在的微信公众号，不难发现：理性深入的探讨越来越少，段子、鸡汤文和软文越来越多；直面现实的勇气越来越少，反智主义和消费主义越来越多。每一个人都浸泡在娱乐至死的糖罐里，除了工作和购买，最好一个多余的想法也不要有。

自由的真谛是免于恐惧，很多实现了财务自由的人依旧活在对未来的忧虑之中，他们还不如乡野村夫自由。唯有当生命的价值不必用外在的成就来衡量时，唯有当个人不必受到权力和金钱的操控时，唯有当人的良知与理想不是出于满足任何人的期望，而是自发的、独特的主观能动时，自由的光辉才能洒满人间。

而这一切的起点，是回归内心，多问问自己究竟想要什么。“学问之道无他，求其放心而已矣。”弗洛姆认为：“一个所谓能适应社会的正常人，远不如一个所谓人类价值角度意义上的精神病患者健康。前者能很好地适应社会，其代价是放弃自我，以便成为别人期待的样子；相反，精神病患者则可以被视作在争夺自我的战斗中不准备彻底投降的人。”身份习俗、宗教信仰以及民族主义，只要能使个人与其他人联系起来，就能让人逃避其内心深处最惧怕的一件事——孤独。长此以往，即使人的心灵会愈发空虚，人的真我会濒临灭绝，也在所不惜。

永不冷场的人生

绿妖

长期吃素后，味蕾变得敏感，菜里有味精，立刻就能察觉。我一个人住，不看电视，对声音敏感，回到老家，听觉像受惊的兔子，东窜西奔无处落脚。

个人感觉，经济越落后之地，声音污染越严重。我家在县城，商业街上，每个小店门口的音箱里都大声播放音乐（且必须失真），人们对此置若罔闻。而我从中走过，焦虑指数直线上升。逗留得久了，会心情暴躁，想立刻躺下，如被念紧箍咒的孙悟空一样抱头打滚。

在家中，人们习惯开着电视。开着，谁也不看都行。但一旦关掉电视，仿佛无法承担骤然出现的寂静后果。电视机，是无话可说的人们之间的润滑剂，是把人们的注意力从自身引向外在世界的拿着小红旗的导游。它让我们发现，许多亲人间原来是没有多少话可说的，必须靠电视机里的人们出面化解尴尬。

当人们对电视机的声音变得麻木后，它成为必不可少的一个背景声。小孩做作业时，很少有家长会专门关掉电视机——他们没有意识到，应该这样做。

许多大人习惯在小孩写作业中途跟他聊天，问东问西。他们也没有意识到，这样会伤害小孩的专注力。当他专注于一件事时，不要随便打断他的注意力，不要拿闲扯去干扰他。许多大人没有这样的意识，他们习惯于不停歇地制造声音。人们的说话声，是电视机之外的又一重保障，保证你的人生不会面对寂静。

大多数人是害怕寂静的。在春节聚会中，寂静等于冷场。幸运的是永远不会冷场，永远有成长中的孩子成为安全的话题：多大了？多重？他比他大多少？上几年级了？考试考第几？年级名次多少？还有几年高中毕业？找工作了没有？有女朋友了吗？什么时候结婚？打算啥时候要小孩呢？小孩多大了？多重？……在一个大家族里，总有各个年龄段的孩子成为话题中心。有时候，我感觉人们要小孩，就是为了让自己有事可做、有话可说。没有那些源源不断的套话，谈什么呢？谈自己？成年人的聚会，是不谈自己的。尤其老年人，在人生中早已取得豁免权，除非是身体堪虞，才会成为问候的中心。已婚已育的也有豁免权——他们贡献自己的孩子作为话题。单身者是谈话的中心。但是，人们毕竟要有话题可聊啊，谁叫单身者没有孩子可贡献呢，那就贡献自己的私生活、感情状况、收入情况以供解颐吧。

永不冷场的人生，这就是人们追求的。谁家的孩子越多，人丁越旺，就越幸福。这种幸福是“热热闹闹的幸福”。如果谁家过春节冷冷清清，无疑令人怜悯。所以，一个县城的边界比一个国家的国界还难以跨越。人们不愿儿女离开，到外地谋生。农村的孩子，书读得好的，早就知道自己是要离开的。大一点儿的城市，人们对于人口流动也习以为常。在各种形态的城市中，县城最为保守，在那里，儿女离开原生家庭到外地发展，会被视为不孝。所以，丁克族是可疑的——你们想干啥？你们晚年怎么办？人们养孩子的思维，还只能停留在“养儿防老”上，无法再往前一步。哪怕现实中养儿已经不能防老了，甚至还要啃老，也还是停在那里。因为这是人生的全部希望。

人们没有说出口的是，孩子是用来克服死亡的。死去，什么也没留下，即使留下，房子、钱，也统统与你无关，光这样一想，就令人难受。但你的孩子，他的血液里流着你的血，他长得像你。你活在他的记忆里。这样一来，你将不会被死亡彻底剥光、掠夺。在这一点上，孩子和艺术的作用相似。尼采说：“思想家以及艺术家，其较好的自我逃入了作品中，当他看到他的肉体和精神渐渐被时间磨损毁坏时，便感觉到一种近乎恶意的快乐，犹如他躲在角落里看一个贼撬他的钱柜，而他知道钱柜是空的，所有的财宝已经安全转移。”

不同的是，克服死亡的过程。追求永不冷场的人们，其手段是用孩子，用热热闹闹，用周围都是人、都是声音。这样的人临终时，必然渴望周围被人和声音包围。靠艺术克服死亡者，思想、阅读、写作……都是寂静的，都要长期一人，独对斗室，岑寂一如修行。这样的人临终时，必然也渴望安静，三两亲人也可，独自一人也行。一如独在斗室去世的张爱玲。许多人怜悯她，去世许久才被发现，殊不知，她选择了自己的死亡方式，预知死亡时机，并为此做好准备（换好衣服，上床躺好）。这份坦然从容已迹近大修为者。

但是，无论过哪种生活，街上的高音喇叭都应该关掉。印象深刻的是在德国和法国时，街上安静到连汽车喇叭声都是罕物，更别提高音喇叭声。

走在寂静中，说话不必靠喊，你可以轻轻哼歌，听到风吹过草尖，空中鸟儿拍打翅膀，只有在此时，散步才成为享受。这是人生存的基本环境，就像菜里不能多放味精、食物里不能滥用添加剂。说到底，环境安静，人才能思考，或者说，思考些安静的问题。轰炸性地播放凤凰传奇，只能轰炸出炸鸡般的大脑，里头除了热闹，别无所有。

我要出去走走

陈舟燕

去年春分，电台里悠悠地播着一首老歌：“谁哭了，谁笑了，谁忽然回来了，谁让所有的钟表停了。让我唱，让我忘，让我在白发还没苍苍时流浪……”就像摸索了很久的搭扣突然“嗒”的一声合上了，整个身躯为之一哆嗦，就剩一个炙热直白的念头：豁出去，我要出去走走！

春天里，自己的乐观情绪一直不够，手头没什么像样的活儿可干，却得不到像样的片刻空暇。觉得人生就像一盘凉拌豆腐，失落感和空虚感频繁交错，无法调节，没有比这个事情更糟糕的了。原以为自己的忙碌，跟生活在这座城里的每个人的忙碌差不多是一样的，也以为只要日常的繁杂劳累停顿下来，就能像轻按键盘上的删除键，可以把身体所有的不适和坏情绪统统删除。可是现实就是违心地变得越来越无力，仿佛对着一个寂寂的无底深潭，整个人变得不想说话。

要出去走走了，可以去任何地方，只要不是这里就好。不说话，可以边走边想，想想那股困住我的失落感到底是何物，或者干脆什么都不想，就亲近不说话的天空、不说话的道路和树木。至于去哪里，能走多远，那就交给神来安排吧。

近些年，各路媒体都把行走包装成了一件时尚无比的事，充满了蛊惑的味道。很多人奋不顾身地选择了出发，以为只要上路了就能找到嵌入世界的最佳方式，觉得那未知的远方和生活才是最好的。行走本身，尤其是毫无目的、遥遥无期的行走，是很容易让人心智涣散的。上路简单，收回来就要困难得多，理想和现实甚至会出现断层。至于我，现在回想，竟然也是属于不计后果的这群人。青春之后，拖家带口，比任何人都明白，有些东西是逃不开的，有些东西也回不来。如此冲动地将濒临极限负荷的自己抛入一个不确定的时空，无疑是一个非常感伤无奈的决定。我只希望这场遥远未知的行走能煨成一服汤剂，希望自己能在形形色色的新奇邂逅中被救赎，哪怕仅仅是卸去一些沉重的背负。

真的就上路了，幸运的是有人决定陪我一起走，更没想到一走就走到了台湾，走到了香格里拉，走到了梅里雪山，走到了中国的最后一个母系氏族村落。跨度一年，从繁华都市到荒寂山野，脚下是泥土，脚背是阳光，一路艰辛，一路感动。

在路上，我痴迷于大量明晃晃的光线，多数情况下就是随便逛逛，东看西拍，不倾诉、不兴奋，甚至连想象都拒绝，只是默默地把所有的情绪都交由相机来存储。我喜欢金属快门的声音，穿透稀薄而混浊的空气，铿锵有力。我喜欢取景框勾勒出来的画面，无论周遭多么喧嚣，都有一种动人心魄的宁静渗透全身，我痴迷于这种宁静。

互联网孤独症候群

谢石

星期五的晚上，我的房间突然停电。在整整 5 分钟的时间里，应急灯让屋子里的一切看上去一如往常，桌子上的书依然摆在之前的位置，刚洗完的衣服还有水珠滴滴答答往下掉，但一切似乎天翻地覆——无法连接互联网，我掉线了。

房间突然变得异常安静。停电之前的生活多热闹，坐在房间里的我甚至还觉得有点吵。我的手机上有 4 个通讯软件，iPad 上有 6 个视频播放软件，微信上有 1027 位联系人和 52 个群聊小组，其中超过 10 个是频繁蹦出更新消息的 500 人大群。停电前的每一刻都有无数热闹涌入这个房间——手机上时不时蹦出来的新提醒，来自天南地北的五花八门的消息，视频网站正在播出的新节目，直播平台上看得到世界上另外一个困在房间里的人唠唠叨叨说些有的没的。互联网塑造了一个抵御孤独的防空洞，涵盖了光纤所及的所有社交关系，借此抵御生活中真实的乏味。

我知道并不只有我一个人过着这样的生活，因为有很多像我一样的人造就了今天的互联网生态。这个庞大的孤独群体解释了为什么直播生意会如此兴隆。化解孤独大概是目前互联网最大的“用户需求”——作为群居动物的人类，在任何场合都想要寻找一种陪伴，希望有人陪着一起吃饭，一起打游戏，一起上班，一起过马路，一起看电视剧，一起听演唱会，一起天南地北地说些不着调的废话，哪怕只是在网线的另一端。

据统计数据显示，仅在中国就已经有超过 200 家在线直播平台，某个直播软件目前的下载量已经过亿，日活跃用户超过千万，而整个移动视频直播的市场规模预估超过 300 亿美元。知道世界上此时此刻还有另一人在做同一件事，算是活在广阔世界的些许安慰。真实生活无法排解的孤单，就由技术来打破它。这大概是在弹幕网站的视频里，经常出现的弹幕语是“有人在吗？”的原因。

这个热闹体系之牢固，直到停电的时候才会惊觉，它其实只是一个空中楼阁。互联网是热闹的，但这种热闹到底属于谁？活在网络的热闹里，孤独就真的消失了吗？到头来，你和孤独之间，还不就只差了这一根网线的距离。

但在停电的空当里，我想起了另一种孤独——互联网造就的更特别的孤独——这种孤独恰恰属于站在网络热闹正中央的那个人。去年秋天，我看了一场演唱会，那是歌手周笔畅在直播平台现场的演出。如果按参加人数计算的话，那场演唱会算得上是周笔畅个人音乐生涯里规模最庞大的一次，在连续 3 天总计 3 个小时的演出中，超过 1000 万人次观看了她的演唱会，这人数相当于坐满了 100 个国家体育场（鸟巢）。但如果你真的站在录制现场，感受到的恰恰是异乎寻常的冷清。尽管 1000 万人听了她的演唱会，但舞台上的歌手却无法在现场得到 1000 万人的回应。在占地 900 平方米的演播室里，周笔畅一个人站在舞台中央唱歌，现场只有不到 10 个人。每一首歌曲终了，尽管屏幕上互联网另一端的观众们点击着“鼓掌”，但歌手在现场只能听到稀稀拉拉的叫好，其中还包括没法为她鼓掌的摄像师和调音师。

过去的文章喜欢写艺术家获得的最高成就是表演到了极致时，黑压压的观众席传来“雷鸣般的掌声”，可是今天的直播模式恰恰消解了这种成就感。对一个歌手来说，练习是孤独的，创作是孤独的，本该是认同感达到顶峰的现场演唱会，如今又被技术颠覆了。观众对她的认同只出现在现场的软件对话框里，动画效果的手掌在屏幕上一开一合，播放着事先录制好的标准化掌声音效。对精彩演出的赞同总是隔着屏幕，无法如往日那样真实地传达给表演者。那一刻我在想，如果周笔畅没来得及看屏幕，这一切赞许，对她来说岂不是都无效了？

互联网未见得是孤独的解药，也许它本身就创造了更大的孤独。热闹和孤独共生在同一个地盘上，在极致喧哗的舞台中央，站立着一个极致孤独的个体，为屏幕另一端的一个个孤独个体唱歌。

就是因为这样，我特别喜欢我的传播学老师关于互联网改变生活的评价。他说：“基于社交媒体的账面社会资本扩增，很大程度上是通货膨胀。”我想这个道理大概也适用于互联网孤独症候群。互联网时代带给我们的一切社交红利，所有那些看上去热闹的日子，无非都是科技带来的通货膨胀，而孤独的绝对价值，其实从来没有改变过。更何况，我们的时代或许还创造发行了新形式的“孤独货币”，让热闹的创造者也持有独特的孤独。

所幸，这种掉线的痛苦只持续了 5 分钟。重新通电的路由器把网络带回来了，生活终于可以继续了。这段时间之难熬，导致我记住了停电的准确时长是 4 分 48 秒。不过我现在真实的孤独就要结束了，我要回到互联网的热闹世界里去。

就在重新打开直播软件的那一刻，我突然想到，如果此刻让人们回到真实人生的热闹里，大家会怎么选择呢？

其实我们也许早就有了答案。1996 年，美国订票系统 Ticket master 卖出了第一张在线订购的门票，那是一张美国职业棒球大联盟西雅图水手队的比赛门票，以往主要依靠电话和实体店售票的公司对于新业务非常好奇，还打电话去问买主，为什么要在互联网上订票？

“因为我不想跟人说话。”电话一端冷冰冰的回答结束了对话，也从此开启了搭建在互联网之上的孤独生活。

孤独的树

Ent

1895年，植物学家约翰·麦德利·伍德在南非见到了一棵漂亮的树。它站在一片小森林的边缘，看起来就像是一株棕榈，长达3米的叶子弯曲成优雅的弧形，远远望去就像是浓密的伞形王冠。

伍德拔下了树周围的几株吸芽，把一株寄给了伦敦。它将被命名为伍德苏铁。它很可能是这星球上最后一棵伍德苏铁。

两亿多年前，苏铁曾经遍布世界，伴随了恐龙从诞生到衰亡的全部历史。苏铁的生长很缓慢，往往要几年甚至几十年才能开花。但它们不急，因为它们的寿命很长。侏罗纪时代，地球上20%的植物可能都是苏铁。

但今天，苏铁只剩下大约300个物种，伍德苏铁是其中一员。它的祖先也曾经历了二叠纪、三叠纪和白垩纪的三次大灭绝，经历了不计其数的冰河时代。它曾经繁盛过，但终究无法与被子植物竞争；它曾经也许广泛分布在非洲大地，但今天只剩下了这最后一株。

苏铁是雌雄异体的植物。伍德苏铁是一株雄树。

此刻它还不会灭绝。它的克隆体生长在全世界的植物园里，这些克隆体当然也都是雄性。所有这些克隆体和它的遗传特征都几乎完全一样，突变带来的变化可以忽略不计。它们将永远这样静止下去，直到最终消失——或者，直到找到一株雌树，绽开金黄色的美丽花朵，结出饱满的种子，重新踏上演化的漫漫旅途。

然而，植物学家已经在南非的森林里搜寻了很久，直到今天，依然一无所获。

《魔戒》的作者托尔金以另一种方式想象过这个场景。在他笔下的中土大陆，有一个种族叫作树人。他们是森林的牧人，外形像树，能够移动和说话，只是非常缓慢（树人的寿命很长，他们不急）。树人的雌性成员在很久以前的战乱中消失了，许多树人们相信，她们只是躲避到了遥远而不可触及的世界的某个角落，当然这一切只是猜测和传说。一切迹象表明，树人作为一个种族终将消亡。

除非……不，不应该有除非。无论读者如何心怀希望，托尔金都知道，雌树人不会复活。她们不应该复活，这将是一个廉价的奇迹。

也许奇迹真的会发生，也许真的有一株雌性的伍德苏铁还藏在非洲某片无人涉足的森林里。但是，无论如何，苏铁的时代已经结束了。即使挽救了这一棵树，也不能改变任何事情。

或许我们只能这么看着它凝固在时间里，看着它成为一个个克隆体，经人之手传遍所有的庭园，然后随着人类文明一起消失。这将是一个孤独的结局——但有些时候，孤独才是最真实的。

心美，一切皆美

美化灵魂或许有不少途径，但我想，阅读是其中最易实现的、不昂贵也不需要求助他人的捷径。

读书与美丽

严歌苓

我有一位朋友叫庄信正，是位著名的翻译家、学者。他说过这样一段话："俗话说，上有天堂，下有苏杭。但对我来说，我宁愿把这句话改为'上有天堂，下有书房'。"他说在年少时他就想道：反正谁也不知道天堂是什么样子，不如就把它想象成一间书房。

我读到这些话时，为他的纯真，以及与我不谋而合的价值观会心地笑了。我心里对这位忘年友人涌出一股深深的感激。因为在这个价值观更加多元的年代，我的生活仍是独自写作与读书。有时面对周围忙得昏天黑地、不读书却也十分充实的人，我也不免发出落伍的叹息。而庄先生这一席话，使我认识到，我还是有伴儿的，并没有落伍得那样彻底。

在易卜生的《培尔·金特》中，有个叫索尔薇格的少女，培尔·金特在想念她时，总是想到她手持一本用手绢包着的《圣经》的形象。在米兰·昆德拉的《不能承受的生命之轻》中，特蕾莎留给托马斯的印象，是她手里拿着一本《安娜·卡列尼娜》。这两位女性之所以在男主人公培尔·金特和托马斯心里获得了特殊的位置，是因为她们的书所赋予她们的一层象征意义。我的理解便是读书使她们产生了一种情调，这情调是独立于她们物质形象之外而存在的美丽。作家们都没有用笔墨来描写这两位女性的容貌，但从他们赋予她们的特定动作——持书，我们能清楚地看到她们美丽的气韵，那是抽象的、象征化了的，因而是超越了具体形态的美丽。这种美丽不会被衣着和化妆强化或弱化，不会被衰老所剥夺。这并不是说，任何一个女性，只要手里揣本书，就会变成索尔薇格或特蕾莎。书在不爱读书的人手里，只是个道具。重要的是，读书这项精神功课，对人潜移默化的感染，使人从世俗的渴望（金钱、物质、外在的美丽等等）中解脱出来，之后便产生了一种美丽的存在。

我感到自己的幸运——能在阳光明媚的下午，躺在乳白色的皮沙发上读书，能在读到绝妙的句子时，一蹦而起，在橡木地板上踱步。好的文章如同好的餐食，是难以消化的，所以得回味、反刍，才能汲取其中的营养。

女人总有告别自己美丽外貌的时候。不甘告别的，如某些反复整容的明星，就变成了滑稽的角色。随着时光推移，滑稽没有了，成了“人定胜天”的当代美容技艺的实验残局，一个绝望地要超越自然局限的丑角。这个例证或许给了我们一点儿启示：漂亮和美丽是两回事。一双不漂亮的眼睛可以有明丽的眼神，一副不完美的身躯可以有好看的仪态。这都在于个人灵魂的丰富和坦荡。美化灵魂或许有不少途径，但我想，阅读是其中最易实现的、不昂贵也不需要求助他人的捷径。

关切的眼神和好奇心

〔日〕大江健三郎
许金龙　译

谁都会有好奇心，关切的眼神却在净化着这种好奇心。

我在文章里经常写到大儿子光患有智障，写到我们全家因他创作的音乐而快乐，并设法宁静地生活至今。之所以说设法，是因为我们总是在超越接连不断出现的困难。

从今年（2006年）年初开始，我和光每天进行一小时的步行训练。我们居住在小山坡上，通往平地的那条长长的下坡道上，有一条用栅栏围着的散步道路，下行到平地后，便沿着运河的那一条散步道路延伸而去。

光今年四十二岁，医生提醒说，光身上已经出现成人病的若干迹象。考虑到他的肥胖，我便想要与他共同行走。这也只是基本的步行训练。

他还存在视觉障碍，无法跑动，脚部也有不算严重的问题，因而在乘坐轻轨列车或是前往音乐会的时候，我或妻子总要握住他的手臂。

这是外行人制订的步行训练计划，指望光借助这个步行训练终将能够独立行走。具体方法是：放开他的手臂，只是贴近他的身体步行。为了解决他在行走时鞋底蹭擦地面的毛病，我想办法让他走动时摆动双臂，与腿部的动作协调起来。

光做起事来非常认真，在步行训练期间他并不说话，我便思考正读着的书或是想着其他事情。

光抬不起腿脚就容易绊倒，经常因此而引发癫痫轻微发作。每当此时，我便紧紧抱住他，让他在地面坐下来，一动不动地保持那种姿势大约十五分钟。在此期间，由于我需要支撑光的头部，即便周围有人招呼我们，我也无法应答，曾有多次惹得对方心头火起。

且说在这次的步行训练中，正当我的头脑不知不觉被散漫的思绪占据时，光被路面上的一块石头绊住脚，摔倒在地。由于这不是癫痫发作，光的意识很清醒，反而让我为之惊慌，我为自已未尽到责任而自责。

我所能做的，就是抱住远比自己身体沉重的光的上半身，将其倚靠在散步道路旁的栅栏上，检查他摔倒时是否伤及头部。在别人看来，我们两人慢腾腾的动作一定显得无依无靠。

一位中年妇女骑着自行车来到近前，她跳下车便招呼道："没问题吧？"同时将手搭在光的肩头。光最不喜欢的，就是被陌生人触摸身体，再就是狗对着他吠叫。在这种时候，我明知自己会表现得非常粗野，却仍然强硬地说道："请你先把手挪开！"

那位妇女愤怒地起身离去后，我发现一位高中生模样的少女，在距我们一段距离的地方停下自行车，一动不动地注视着我们。她从衣袋里露出手机，却并不完全掏出来，只是让我略微注意到那手机，同时她凝神注视着我们。

光站起身来，我站在他身旁并回头望去，只见那位少女颔首致意后，便轻灵地骑上自行车离去了。我由此领会到的是这样一种信息：我就在这里守护着你们，如果需要联系急救车或是亲属的话，就用这手机帮助你们！我无法忘却在我们离去之际看到的少女那颔首致意的微笑。

法国哲学家西蒙娜·韦伊说过一句话——对于不幸之人，要怀着深切关怀问上一句："您哪儿不舒服吗？"是否具有问候这句话的能力，关乎是否具有做人的资质。

韦伊对于不幸之人的定义是独特的，突然摔倒在地并因此而惊慌的我们，在这种场合也算是不幸之人。那位妇女积极表现出我们难以接受的善意，她也是韦伊予以积极评价的对象。可以说，必须改变的是在这种时刻仍然拘泥于本人情感的自己。

但是，在这个对不幸之人只抱有强烈好奇心的社会里，从那位少女关切且适度的举止中，我发现了业已适应生活的新一代人所抱持的态度。谁都会有好奇心，关切的眼神却在净化着这种好奇心。

城市里的手艺人

祝小兔

前几天，带朋友去剪发。他总是不满意发廊给他做的造型，哪怕是一掷千金请的店里最贵的发型师。在小区里东走西转，进了这位凡师傅家，朋友显得意外，甚至觉得有些不可思议。在城市热闹的公寓楼里，凡师傅半隐居在此，养了一只猫为伴，客厅就是他的工作室。虽然是民居，工具倒是很齐全，就是有些凌乱：一面落地镜前，摆着转椅，旁边有烫发的机器等设备，各种药水、彩色发卷随处散落。

剪发是一种互动的手艺，他用触觉感受你的发量，用眼睛看你的发质，用耳朵听你的需求，用心体会你的审美。我想朋友心里一定在打鼓，事已至此，怀着将信将疑的心态，也只能让凡师傅打理。凡师傅的性格非常有趣，遇到他喜欢的人，就忍不住跟人家多聊上几句；遇到不投机的人，连生意也不做。开一家发廊成本很高，他就在民居里工作，也不养助手，解决温饱是件很容易的事，闲钱也不少，前段时间他还跑到云南的雪山玩了一圈。不知不觉，聊着聊着，头发就剪好了，朋友出奇地满意。他问价格，结果比市场价低很多。凡师傅不肯接钱，指着柜子上的一个木箱说：“丢里面吧。”朋友觉得他随性极了。其实忙的时候，他常常会说声“看着给呗”，然后就转身忙活别的客人了。

凡师傅是位手艺人，我认识他已经10年了，从他在发廊工作的时候就已经成为他的回头客了。兜兜转转，我换过几个发型师，最后还是跟随着他，他也跟随着自己的内心，最后老老实实地当了个手艺人。

小时候对手艺人的理解实在不够宽泛。庙会上售卖手工艺品的民间艺人，在街角修鞋的匠人，裁缝店的老师傅，他们一辈子就靠一项技能养家糊口，好像他们的人生从未跟财富关联，他们起早贪黑，总是辛勤地谋生。那时候太关注五光十色的生活，好像所有的手艺人都显得与时代脱轨。人们更为新产品和新科技着迷，停不下来，渐失初心。很多手艺失传或者不精了，要么被工业化取代，木匠做活儿全凭电锯、电刨子、射钉枪、万能胶。

有段时间，我以为手艺人消失了。慢慢观察，我们其实还确确实实活在充满手艺人的世界里，享受着他们带来的好。“写作是一门手艺，与其他手艺不同的是，这是一门心灵的手艺，要真心诚意；这是孤独的手艺，必须‘一意孤行’。每个以写作为毕生事业的手艺人，都要经历这一法则的考验，唯有诚惶诚恐，如履薄冰。”这是北岛文章里的一句话，我反复地读着，感受着，也思考着，什么才是真正的手艺人。

我想，靠着一项技能吃饭的人，也不能完全称作手艺人。即使能掌握相同的技艺，不同的人也会给我们带来不同的感受。我想，世上无非两种人——商人和手艺人。商人是在出售产品，把手艺当作产品来生产。手艺人是专注的，得抛开一切地去钻研技艺。有些手艺讲究的是童子功，要在习艺所里刻苦而单调地磨炼；有些手艺，真的要在经历了岁月后才能真正地感受到其中的奥妙和精髓。手艺人，内心是以手艺为美的，也将手艺看得至为崇高。

年纪越大，我越知道当个手艺人的好，只用打磨自己，只用做好分内之事；无须讨好，无须谄媚，无须看人脸色。古人说：无须黄金万贯，只需一技傍身。做个堂堂正正的手艺人，更理直气壮，心安理得。

在上海认识了一位名叫若谷的手艺人，先是被他做的酸梅汤打动，没想到有缘认识他并知道了他的手艺故事。“若谷”取自《道德经》“旷兮其若谷”，讲的是胸怀旷达如高山深谷，是一种接纳，是包容。若谷总是穿着最舒适的棉麻衣服，戴着一副圆形玳瑁眼镜，人如其名，用现代的心做传统的事，把传统的物用现代的手法来诠释。若谷是个木讷的人，跟着老师学《道德经》，师兄们在分享感悟的时候，他只是傻傻地笑，老师说他是“讷于言而敏于行”。

“做肥皂适合我”，那个过程就是一种入定的状态。花 3 个月的时间来浸泡草药，换来萃取了精华的油脂。花几小时甚至半天时间来搅一锅肥皂，换来 45 天的等待。45 天静静地等待，喃喃地对它们说话，或许是种交代。做肥皂让他的心安定下来，看着它们从油脂被慢慢搅拌、入模、裁切、盖章，最后成为手上的那块肥皂——是它们的沉淀，也是他自己的。

秋天的时候，我们拿到了若谷的桂花糖露。桂花在秋天盛放，但其实他的桂花糖露前前后后花了整整一年的时间制作，用时间沉淀，让味道醇厚。对于大自然来说，这不过是一次四季的轮回，但对于他来说，是手艺人的耐心和等待。前一年用古法将桂花秋天的味道保留下来，和以 5 月的青梅与海盐，咸甜交错。桂花需要精心挑拣，去除花托、花梗、树叶、甲虫等，再用海盐进行腌制，以去除桂花的苦涩，最后与梅子酱混合，使得桂花的甜腻变得柔和，富有层次。最后完成的糖桂花，若谷用一枚朱红色的封蜡封存在透亮的玻璃瓶子里。所有青梅的酸、盐卤的咸、砂糖的甜、桂花的香，都隐匿在了他双手捧着的那方天地里。

我去南京的随园书坊拜访设计师朱赢椿老师，他让我觉得手艺人宛如诗人，每件作品都是一首诗。诗就是要有感而发，有话要说，有情要表达，绝不能虚情假意。他说自己像蚂蚁一样忙，却像蜗牛一样慢。他在做的不是用来收藏的珠宝，也不是毫无情感的机器，而是贴近人内心的东西。

城市里的手艺人弥足珍贵，因为他们除了要打磨技能，还要对抗浮躁的社会，这一切全靠自己的意念。我不知道自己是否还来得及做一个手艺人，我是如此渴望拥有一门可以与外界交流的手艺。

我后来明白，我羡慕的不是手艺本身，而是专注于手艺所带来的宁静，是手艺人细腻优雅的生活方式。

不挑火候的大白菜

吴从周

前些日子在家掌勺，肉菜炒完，拿整片的大白菜叶子下热水煮熟，加虾皮提鲜，出锅浇一点儿蒸鱼豉油，味道相当不错。这是广东人蒸鱼的做法，做鱼时火候要好，蒸煮久了失其鲜嫩，白菜就无此虞，适合下厨两眼一抹黑的人。

各种叶子菜里，最清爽的是豆苗，吃起来可意追高古，肥甘则首推大白菜。这种东西本身味道甘甜，很能入味，关键还在于前面所述，不挑火候，不管没炒熟还是烧过了头，都不难吃，不像某些娇嫩的蔬食，多烧把火，就软得不堪咀嚼，后槽牙空落落地无处着力，心里百爪齐挠。

鲁迅在《藤野先生》里说：“北京的白菜运往浙江，便用红头绳系住菜根，倒挂在水果店头，尊为‘胶菜’。”小时候看到这一篇，对首都尊敬得不得了。那时候对北京的想象乃是以天安门为中心的若干个圈，最里面是国家领导人，外面一圈是老干部，最外面一圈是大白菜，齐刷刷扎着红头绳。

北方昼夜温差大，白菜糖分积累多，甘甜适口，倒是广东人似乎不大喜欢北方大白菜，认为太甜，抢了蔬菜该有的清味。

不论南北，大白菜立秋下种，初冬结球以保护菜心越冬。吾乡种植时怕结球不牢靠，冻死了嫩叶，要拿草绳捆上。经雪冻过的大白菜更甜，县城郊外的农民连冰带雪挑来卖，放盐清炒就很好吃。按说这种植物也是岁寒而后凋的，可与萝卜、小葱并称蔬菜界的“岁寒三友”，入画当然不坏。不过第一次被白菜这种食物惊艳，还是在北京。几年前在北京城南的一家经济类报社实习，报社有间小食堂，大师傅拿醋将大白菜炖得软烂，糊里糊涂的一大勺，下饭极香。东北人拿白菜炖猪肉、炖粉条，相得益彰，放别的蔬菜，怎么着都不对劲，非得借这个味儿。至于南方，用高汤熬煮，加枸杞、火腿，大有做茄鲞的待遇，却也毫不僭越。川人更舍得下本，一道开水白菜，熬汤的料是老母鸡、老母鸭、宣威火腿的蹄子、排骨和干贝，再用鸡肉蓉滤清汤汁，直到清澈如水。我在重庆待了五年，居然没有吃到过，是后来听一个“吃货”师妹说的，大憾。

北京占了全聚德的便利，得了好些鸭架子熬白菜，白菜借得烤鸭的香，鸭子借白菜汁的清味，但是据说用南京盐水鸭熬出来的才是上品，这两种我没吃过，不好乱下评判。

前几天在朝阳门外一家煲仔饭馆，要了一份蒜蓉粉丝蒸白菜，白菜垫底，上面一层金黄的粉丝，盖着蒜末，看着平常，夹一筷子入口，满嘴滋溢的都是炭烤生蚝味儿，顿觉世界焕然一新，心胸开阔，忍不住麻烦传菜的小姑娘把师傅请出来一问，说是加了一勺海鲜汁儿。

我决心收了这秘方，将来在遗书里告诉儿孙。

一个人围观一群人

倪一宁

从小到大，我一直是好学生，就是在青春电影里，草草几帧剪辑就能概括的那种，镜头扫过我翻书的侧影，然后定在了主角挺拔的鼻梁上。但就是这么平淡无奇的成长，我也和所有人一样，要靠20年来完成。我学过奥数，身旁的男生边转笔边心算水要多久才能注满池子，我却只能老老实实地对着答案倒推步骤。虽然最后拿了16分吧，可每次上课我都风雨无阻，草稿满满，也算对我爸妈有了交代。

我学过钢琴，学会了把闹钟拨快，把小说放在琴架上单手翻页，也学会了怎么在喝水上厕所的无限循环中打发时间，拖拖拉拉学了10年，考出10级，也算爸妈的钱没打水漂。

我是个特别爱面子的人，容易被眼泪和温情击中，一旦谁对我有期望，我就会尽力满足他的期待——说白了，就是为别人而活。

有次跟人闲聊，说其实自己最感兴趣的是历史，想钻在瓶瓶罐罐、线装古书里不出来。对方是个热血青年，抓着我的手说：“那你为什么不退学，离开这个敷衍的专业，去追求你的梦想？”我愣了一下，反问她：“你知道我跑进这个敷衍的专业，费了多大劲吗？”

是挺没劲的，我就像一个刚从老虎机里赢了两千块钱的新手，把钱攥在手里，不敢再蹚进一场新的赌局。握有很多资源的人可以随便挥霍，哪怕下错了高架口，都可以通过封锁路段来掉头；一无所有的人特别无畏，他们赤着脚随便变道，红绿灯也只是摆设；只有我们这种人，攒钱买了辆车，却开得战战兢兢，离栏杆近一点儿都怕车被刮花了。

所以我还是跟着大部队，步伐整齐、口号嘹亮地走在据说指向平坦前程的道路上。

你们的黄金时代

上大学后我第一次回家，是搭舅舅的车回去的。舅妈坐在前面给我们剥橙子分鸭脖，大一点儿的妹妹梗着脖子跟他们冷战，小一点儿的坐在我膝盖上，兴高采烈地玩游戏。突然间，电台广播从电子合音的国外小众乐队切换到了崔健的《花房姑娘》。舅舅用手指轻轻敲击方向盘，随口说了句：“他一开始就在北大食堂里唱，学生埋头吃饭，也没什么人理他，进进出出，掌声寥寥。一年后他再在大讲堂出现的时候，只能容纳1500人的空间，挤进了3000多人。”我有点儿蒙了，舅舅一边按喇叭一边继续说：“我也跑到了北京去听，还顺便爬了长城。”

舅妈在旁边掐他胳膊：“是不是跟你们那个系花一起爬的？”

我想起来了，我见过那张照片，当时还清瘦的舅舅戴着一副巨大的黑框眼镜，站在“不到长城非好汉”的牌子下，旁边是穿着长裙、长发披肩的系花。他搂着她，一脸的志得意满，和讲堂里那些年轻人一样热血、躁动，他们都觉得，理想会实现，姑娘也会有的。

我想我终于知道，外婆家抽屉里那些泛黄的苏联小说的读者是谁，那一摞不能再播放的旧磁带的主人是谁，甚至，那沓散落的诗稿的作者是谁。说吧，那段怀揣着文艺梦高唱要放荡不羁爱自由的旧时光，它们的失主是谁。

跟舅舅查证，他愣了一下，回头瞥了我一眼，说：“当时没人想进体制内或做生意，那时候谁都想当诗人，想学海子，学崔健，抱把吉他在女生楼下弹一天，给女孩子朗诵自己写的诗。放到现在，早就一盆冷水浇下来了。”我配合地大笑，他拐了个弯，在女儿“烦死啦，你们吵得我没法看动画片”的抗议声中，结束了这个短暂的话题，转而戴上耳机，听今明两天的股票走势。

如今，舅舅成了要刻意控制腰围的中年人，旁边是妻子，身后的女儿们埋头于微信和 iPad，她们对崔健一无所知，而他也只是随口跟唱，刻意把尖锐的歌词唱得模糊。有那么一瞬间，我觉得宽大的车厢变得拥挤，20年前那个浑身荷尔蒙、一肚子不合时宜的愤青，和这个关心证券指数、楼盘广告的中产阶层代言人狭路相逢，他们两两相望，他们不曾相忘，他是他深埋地底的火山口，他是他喷薄过后的岩浆岩。

从你们的全世界路过

我喜欢观察人，因为这个世界最迷人的，就是人本身，人身上永远有故事。大一刚入学的时候，寝室成员间都还不熟悉。为了活跃气氛，我提议说，讲一件自己做过的最出格的事。别人的故事都很精彩，甚至惊悚：有人翘掉了高考前的模拟考试；有人 18 岁生日那天跑去蹦极；有人深更半夜喝醉了，和男友在空旷无人的街道上高唱《好汉歌》。收到最多好评的，是一个北京女孩的彪悍青春——她为了和韩国“欧巴”偶遇，恶补一个月韩语，同时做了好几份兼职，终于在高考完的第二天，搭上了飞往首尔的班机。她操着磕磕绊绊的韩语，居然也有惊无险地在异国待了一个月。在那个月里，她一边搜寻韩剧里出现过的梦幻场景，一边追踪韩星，留下了一堆胜利的合照。

但也有特别丧气的人。譬如一个来自偏远农村的，10 月份就早早套上了高领毛衣的女生。她思索了好一会儿，摊开手说：“我没有。”室友们理所当然地嫌她装，还有人相互耳语，空气里捕捉到的关键词是“乡下人”“有心计”“复杂”。我坐在床上，两条腿晃荡在半空，想靠这无声的举动缓解一下尴尬气氛。那女生无从辩驳，只能低头沉默，有人用被子蒙住脑袋，闷闷地吐出一句“没劲，先睡了”，也有人转过身去，跟男友发短信，我猜那短信里，一定有对这场戛然而止的夜谈的吐槽。

我牵起嘴角朝那女生笑笑，然后起身去了洗手间。没想到她悄无声息地跟了出来，在我搓洗满手肥皂沫的时候，她轻轻地说：“你知道吗，这是第一个，我没有回答上来的问题。”我愣了愣，只能用那些轻飘飘的话来宽慰她，我说不要紧的，大家就是说着玩，我说以后慢慢熟了就好了，我说你别放在心上，早点睡吧。

可我爬上床后，翻来覆去，脑子里却满是水流的哗哗声，还有那句底气不足的“这是第一个，我没有回答上来的问题”。我们高喊着“不要生存，只要生活”，可她光是活着，就已经竭尽了全力。

第二天我跟那个北京女孩一道吃早饭，排队买鸡蛋灌饼时，我吞吞吐吐地说，要不以后对那个农村姑娘好一些，她毕竟生活的环境封闭，经历单薄，到了上海多少有些不适应。北京女孩正盘算着要加培根还是热狗，她翻了个白眼："她怎么就苦了？我爸妈很早就离婚了，我从高二起，就没用过他们的钱。我的生活费、学费，都是自己打工挣来的。可是你看，我有成天摆出一副苦瓜脸吗？"刹那间我不知道该答什么。

我想，我大概没有权利或能力去评判这两种人生。我能做的，是用眼睛记录这一瞬，我相信这些记录会像 popstar 游戏（一种消除类游戏）那样，层层相叠，霎时消除，然后就能蹦出全新的世界来。

这可能就是我写作的原因。有时世界像田径跑道，有人致力于奔跑，有人就想晃荡到终点，我则是那个拿着相机的人。我迷恋曲径通幽的人性，和它偶尔泄露出来的那点秘密。我迷恋那些人性中的不光彩和不服输，那些表演欲和控制欲，那些拆台和成全，伟大和委屈。我想，记录本身，就意味着质疑和反抗，就意味着从"心灵鸡汤"的勺子里跳出来，从描绘的甜腻未来中跳出来，跳到这个五毒俱全却又清澈见底的世界里。

我们就这样继续深一脚浅一脚地赶路，只是有时，我说有时，我会低头分辨泥潭里的足印，从陷下去的码数里，猜中世界随手赠予的一点儿深意。

做人与幽默

王学泰

清代的袁枚，风流倜傥，名噪一时，人称才子，又有“美食家”的雅号，所撰《随园食单》，两百多年来一直被南北勤行（餐饮业）的师傅视为枕边秘籍。袁枚曾说：“三年可出一个状元，十年出不了一只好火腿。”真可谓“食不厌精，脍不厌细”。有个叫陶怡云的毛头小伙，不知是不了解随园老人的脾性，还是故意跟他开玩笑，竟然给他送了一只瘦骨嶙峋、龙钟萎缩的老鸭。食恐无味，弃之又可惜，袁枚只好将原物奉还，并附一短札，读之令人喷饭：

“您所赠送的、题签特地标明的‘雏鸭’，已经收到，非常高兴。可是仔细审视，似乎名不副实。这只‘雏鸭’老态龙钟，一副可怜相，看来它的年龄与老夫差不了许多吧！如果把它烹而食之（真是罪过），不是长了一副像《山海经》中西王母那样的铁齿钢牙，把鸭子如砍树锯木一样嚼碎，恐怕是难以下咽的。如果把它养起来，我又没有吕洞宾返老还童的丹药，鸭子只能日渐其老，真是叫人徒唤奈何了！如果它真是一只‘雏鸭’，只是像您一样，因为少年老成，才作此龙钟之状，那么，我不能把它视作食物，而应该当作高贵的宾客，以礼相加，更是不敢怠慢了。春秋时期，鲁国的公父文伯宴请南宫敬叔，让露睹父当陪客。公父文伯殷勤地请露睹父食鳖，上席的鳖很小，露睹父认为这是看不起他，很不高兴，不肯吃，并说：‘等它长大了，我再吃吧！’我这里也斗胆学一学露睹父，把‘雏鸭’原物奉还，等它投胎转世，我们再吃它如何？”

奉还赠品是会刺伤对方自尊心的。比袁枚长一辈的才子赵执信，18 岁中二甲进士，21 岁为翰林编修，23 岁担任山西乡试正考官，真可谓少年得志、前途似锦。可他就是因为退还他人赠品，而中途折翼。事情是这样的：黄六鸿家中富有，欲攀附京中名流，进京之时将家乡土特产品与自己的诗稿遍送京中名士。赵执信也收到一份，但他看不起这个势利小人，于是答以短柬：“土物拜登，大稿璧谢。”意谓土产我收下了，大作奉还。从此，黄对他恨之入骨。后来黄六鸿挟私愤揭发赵执信等人在国丧期间听戏，观看洪昇的《长生殿》，于是剧作者洪昇连同听众一起下狱。真是：“可怜一曲《长生殿》，断送功名到白头。”其缘起，便是那一封小小的短柬，刺伤了对方的自尊心。我们如果就事论事的话，也不妨说当事双方都缺少点儿幽默感。

为人洒脱的袁枚则不然，他用调侃的笔墨写了一封幽默、诙谐的书信。信中妙语连珠，谐趣横生，这不仅消除了由于伤及面子而带来的紧张气氛，而且还会使当事人陶怡云忍俊不禁，把不满都抛到九霄云外，诙谐、幽默之功大矣！做一个受人欢迎的普通人，应该有点儿幽默感。一脸正经、语言乏味，虽然比语言无味、面目可憎要好一些，但对普通人来说，大家还是会敬而远之的。

水　墨

车前子

古代画论有“墨分五色”的说法，其实这是水的功德。像风穿行于藤蔓之间，使藤蔓“疏可走马、密不透风”地错落变化，水使墨枯湿浓淡起来。

于天地之间，笔、纸、水进行着神秘的交流，墨录下它们的对话，这一切，再加上砚的话，我以为它们是中国从古至今最有才情的文艺社团了。驾扁舟一叶，上能追溯宇宙洪荒，垂钓丝一线，下可探寻鳞潜羽翔。笔纸为扁舟，水墨作钓丝。那驾舟人呢？那垂钓人呢？陈子昂曰：“前不见古人，后不见来者。”

只有水在高处，墨才能留住水淡然的梦痕。水像少女，当她通过墨被表达出来时，我们看到的也就是叫“墨”的这位新娘。

我喜欢的墨，并不很黑，在纸上留下的痕迹，最好能有一丝青气，青气隐隐泛出，清风顿生腋下，不需连饮七杯茶。

据说“刑夷始制墨”，人搞发明是为了自身的需要，也就是说，是需要促生了墨的发明。发明者，无非是这种需要的代名词而已吧。但墨的发明，其中似乎还有一种宇宙观在眼波流动。

白为阳，黑为阴，黑白相因为阴阳，也就分明。墨书于纸，符合《道德经》中的“道”，“负阴而抱阳”，对于纸来讲，是负墨之阴；对于墨而言，是抱纸之阳。韩愈“文以载道”，沈德潜“温柔敦厚”，这两人虽以儒学行世，却不料纸墨使他们悄悄入了老子法门，看来儒与道，只是一句话的两种说法。

阴阳都在这里，五行更是座无虚席，而墨本身就是这么一个世界。

松林里，苏东坡和他的儿子苏过砍着松枝（木）。斧头（金）一下接着一下，苏东坡后颈的肉褶子里，汗已涔涔，他停下斧头，苏过看看父亲，使劲地挥了几挥，也把斧头搁到脚边，“不如归去”，布谷叫了。苏东坡说：“总不能把一座松林都砍回家去，也要让以后的人们有墨可造。”他驮上一捆少一些的松枝，东坡已老。苏过驮上一捆多一些的松枝。一大一小两捆松枝在路上移动。他们可以烧烟（火）制墨了。烟积一层，如灰如尘（土）。聚烟和胶（水），一锭一锭墨就这样成了（这当然是一种省事的记叙，为了戏说墨本身就是个五行小世界。读《墨法集要》后知道，制墨的工序烦琐得像解方程式）。就在这时，余烬雄起，烧去半壁房子。苏过很是沮丧，东坡于一旁说道：“不要紧，不要紧，墨成便好。”

水与墨的关系的确有趣。水在暗处，水像格律，在这格律内所填的词句一如墨迹，这墨迹无处不映出水之格律的粼粼波动。有时候我想：笔、纸、水、墨，既是物质，又为精神，它们融洽，就转换出另一种精神——东方——被纸笔想象过的水墨家园。

晚来天欲雪，能否去吃面

绿妖

晚上，天冷，用被子将自己裹得严严实实地看影碟，是日本片，伊丹十三导演的《蒲公英》。

故事从一个雨夜开始，卡车司机五郎跟他的朋友夜间行车，朋友读一本小说读到饥肠辘辘，哀求停车吃面。

那部小说是这么写的：一个年轻人，向一位做了 40 年拉面的老先生请教怎么吃面。

好，热气腾腾的汤面端上来了，火腿在眼前，香菜缓缓展开，年轻人刚想要埋头大吃，一看老人岿然不动——“先生，该如何吃面，先吃面还是先喝汤？”他不由放下筷子，静候老人发话。

“先看一下它们的形状，闻一下它们的香味。它们表面有漂亮的配料：香菇已经浸在汤里，紫菜慢慢地沉入汤中，洋葱浮在表面……为了让它们味道更好，先用筷子亲切地碰触一下这些配料，然后把火腿挑到旁边的汤里，最重要的是跟它们说：你先等等。”

听到这里，五郎也受不了了，停车，两个人奔到路边一家挑着红帘的面馆，开吃。

面馆的女主人叫蒲公英。

写到这里我问自己：会有人耐心地看这些文字吗？就像这些日本电影，无论是这部还是《将太的寿司》，又或是那些日剧，在表面脉脉温情和内里虚伪上他们有何不同？

可是吃顿饭还去追问有何意义，那不是太可笑了吗？

蒲公英的理想就是做一手美味绝伦的好汤面，给儿子吃，如果有可能，也给自己爱上的男人吃。

很普通的梦想，你一定不要——在一间屋子里，做一辈子面？我也不要。

有人说，日本人对自己的面骄傲得很，做好端出来，桌子上不放佐料——他们相信自己已做到完美。

茶道也好剑道也好，骄傲之人必然认真。认真的人，即使做一碗面，也不会凑合。

或可称之为“面道”。

蒲公英在五郎的督促下学习做面，练臂力、练体力，到各个面馆吃面，看厨师们下面的手法是简练还是烦琐；看厨师留心客人是否把汤全部喝完；看材料是否新鲜，老板的记忆是否准确；最后，待客之心是否绝无轻慢，诚恳自然。

这些还不够。

五郎去找一位老师傅，15 年前他做面妙绝天下，后来拍档带了他的妻子远走，师傅从此混迹于流浪汉中。可是他吃得乱而不差，拾来的烤羊肉照样吃得喷香，捡来的半瓶子酒也觉得够醇厚。

老师傅被请来帮助蒲公英实现梦想。现在，他们熬的面汤有了况味。

写到这里我饿了，这真是个老套的故事，一个团体如何组建，从互不相识到手足相契，从一无所有到创造奇迹。人们总喜欢看奇迹发生、梦想实现，它们是对庸碌现实的报复或者酬谢。

每个省份都有自己的特色小吃，北方许多地方是面食，因为它廉价，且容易饱。满满一碗，也用不了多少钱。

在西北，看着一连串陌生的面名蠢蠢欲动：臊子面、炮仗面、油泼面……一样来一碗后发现它们其实就是兄弟。这是一种幽默与智慧。

要非常非常饿，才能吃出面的味道。

随便问一个女孩，她都会告诉你面食乃身材之天敌，米食其次，最好只吃蔬菜水果及一点点的肉。

正确。所有女性杂志上都这么说。

我也不怎么吃面，只是一次在喝酒之后，被带到一家老牛肉面馆，是红油浓汤配红绿辣椒，面宽且厚，北方本色；韧且滑，手工特质。喝多了就忘记担忧，那两次，我吃了很多。我想我还是爱吃面的，它味道淳朴宽厚，简单而绵长，它是食物中的阿尔法、欧米茄，是最初及最后。

我吃过最好的面是父亲做的焖面。我们向来不合，但即使正在吵架，我只要说中午做焖面吧，他也会闷头准备。有豆角最好，没有豆角，炒鸡蛋葱花西红柿，颜色味道一样好。

可惜我不要总吃他的焖面，他知道我要得太多，许多是他完全不能给的，并因此暴怒。

现在我想：我想起他还有焖面，他想起我会有什么？说到底我不喜做饭，不会织围巾、缝衣服，但凡能让老辈人觉得欣慰的事我都不会，并容易暴怒，在外面从来不发的脾气全都发作在家里。

他一生没什么光荣之处，希望两个女儿可以过得比他好，可惜，我姐嫁到别处，剩下一个我，放着工作不要在外面混，老大不小连男朋友也没有，又没钱，人又傻。我能够让他在亲戚里抬起头的地方不多。

我给他的记忆大概就是这些。

这些不是语言文字可以补偿或者安慰的，他努力想要安排好我的生活，而我知道，我要的安定，是把自己打碎然后重生，没有人可以完全参与另一个人的生命，即使是亲人。

可是他给我做焖面，在力所能及的范围里我们也曾相互容忍接纳。

对了，《蒲公英》的结尾你当然能猜到，她做出一流的拉面，让人们排着队等待进食。其过程中有爱情有友情，有义气有感激，如果这些都在一碗面里，如果几块钱就可以吃到这一切，说明生活中至少还有很划算的事。

是不是最原始的梦想也最动人？是不是最朴实的食物，它的味道也最温暖？如果我们已经放弃传统、放弃老家、放弃你的地方口音，我的豆角焖面，至少下雪时，我还可以跟你约着去吃一碗。

我们更愿意谈论未来

郭韶明

我们比以往任何时候都注重一个产品的参数。大到汽车小到手机，在购置之前，我们总要做点功课。

你要买一部手机。这个时候，各种消息人士、行业预测、以往惯例，会轮番轰炸般地告诉你，下个月即将发布新款。尽管新参数对你来说如同天外来客，不过你最好等一等。因为很快，你要买的这款直接被划入旧款，身价大跌，而那些你听不懂的术语则成了铺天盖地的现实。所以，总得为未来留点空间吧。

更不用说是一辆车了。你已经退订了一次，不是因为颜色，也不是因为价格，纯粹是为了等几个即将更新的参数。那些除了图新鲜，你可能一辈子都用不了几次的功能，死死地锁定了你的购买行为。再说起迟迟没有到位的新车，老王直接说：“好吧，我们更愿意谈论未来。”

老王说得对。我们总是更愿意谈论未来，也更愿意尽自己所能去选择未来。我们对即将发生的事情充满期待，也想要下点赌注去赌一下自己的眼光——赢了我们赞叹自己有预见，输了也无伤大雅，起码在自己这儿没留什么遗憾。

这样的行事逻辑我们再熟悉不过了。

一位同事早早就买下车库，早到车还没有买，车库就已经敲定。那位姑娘的理论很简单："车总要买的吧，可车库是有限的。"还是这位姑娘，第一辆车已经到位，依然奋勇参加摇号。当然在别人看来，她纯属"捣乱"，可是"捣乱的人"通常都有好运气，没几期她就中签了。第二辆总是要买的吧，可车号是有限的，于是再把新车请进家。这位姑娘对即将发生的事有一种超乎寻常的预感和判断。其实，她只是比别人多了一点儿展望，至少在车位这件事上她现在省钱又省心。

公司里也有不少这种"未来派"。看到领域里的尖端产品出现在办公桌上，他们有一种天然的围观欲。在这种基于礼貌的赏新活动中，他们总会抛出一个新概念，在周围人茫然的眼神中高调地当一回"先知"。至于这个所谓尖端设备的实用性，你最好别问，大家都谈概念的时候你谈实用，多土啊。

是的，年轻的时候，我们动不动就说，让我们说说未来吧。我们对生活有自己的规划，哪怕在老一辈看来这些接近于空想，我们还是要坚持。

我的两个 20 多岁的妹妹，一个在北京，一个在江苏，跟我说的都是几年以后的事儿。

当空姐的那个说："我现在的目标就是飞遍世界各地，同时积累点资金，顺便考察下哪个国家比较宜居，也有深入学习的机会，到那个时候，我就放下一切去读书。"

当高管的那个说：“我的想法是在这个公司好好待几年，促成它上市，我就可以作为原始股东掘到第一桶金，出去干一番自己的事业。将来在哪儿我也不知道，就像几年前我不知道现在在这儿一样。”

她们说的你都懂。就在几天前的公司聚餐上，“50后”“60后”还在讨论他们已经走过来的“未来”。

当年谁敢考虑这儿啊。可是有一年出差，偏巧就看到了招聘启事。那会儿出差，一去都是十天半个月的，等回去黄花菜都凉了。可我还是抱着试试看的心态打了个电话。当然，如愿以偿的下文我们都知道了。

回到那俩姑娘，回到她们的眼神。就算86岁的姥姥用匪夷所思的语调说：“现在的年轻人啊，好好待着不行？一心想着出去……”就算老爸老妈用尽了各种战术想要把女儿留在身边，可是姑娘们的心思，早就跳到了那个自己觉得有存在感的地方。

好多年后，她们可能会忘了自己侃侃而谈的样子，但是别人记得。好多年后，她们还可能在到达的地方看着出发点感叹：“唉，那儿真温暖。”回望时的温暖和一直不曾离开的温暖，同是温暖，却不在同一番天地。

所以，在仰望未来的路上，请自动忽略别人的眼光。就这么坐下来吧，我们更愿意谈谈未来。

认识自己

孟书子

听闻麻省理工学院某中国籍学生自杀的消息时，我正在公交车站无聊地翻着手机。曼哈顿的灯光已经开始照耀在这个全世界最神奇城市的每一个角落，这是纽约最平凡不过的一个夜晚。

这个 28 岁的中国女孩 2001 年移居美国，获得电机工程学学士学位后曾经在华尔街工作，2011 年进入麻省理工学院知名的 Sloan 商学院就读。如果一切顺利的话，她明年就毕业了。她在遗书中声嘶力竭地向活着的人哭诉："除了中文，我觉得我没有任何优势。"

在美国的大学生活刚开始的时候，我也曾和她一样，想要意气风发地冲刺华尔街，梦想在全世界的金融中心叱咤风云。麻省理工 Sloan 商学院的网站，到现在还在执着地给我的邮箱留言做广告。大二结束的时候，我也曾和她一样，精疲力竭，觉得前途黯淡。她说，这是一个弱肉强食的世界，面对比自己优秀百倍的同学，她已经没有能立足的东西。

三四年前的我对此会再同意不过。可是她错了，我曾经也错了。也许这是一个弱肉强食的世界，但吃掉我们的不是这个世界，而是我们自己。

“宝贝你真聪明”——伴随一生的魔咒

从小我最常听到的一句话就是“这是个才女，聪明得很”。如果说“聪明”二字在我的小学甚至中学年华是良好的祝愿，到了我出国，它摇身一变，变成了甩都甩不掉的魔咒。当今的发展心理学在谈及教育小孩的时候，也非常忌讳这两个字。全中国的家长都希望自己的孩子成绩斐然，可是这个目标遮挡了家长们的视野，也给孩子的内心施加了无谓的压力。我的妈妈是一个很有智慧的女人，但是她良好的心愿也会造成适得其反的效果。小的时候，妈妈为了让我自信一些，她告诉我我是个聪明的孩子。她热切的眼神二十多年来从来没有变过。小时候，妈妈借助钓鱼游戏教我认字，看到我迷恋《还珠格格》，她就鼓励我读清朝历史。后来我迷上了英国魔幻小说《哈利·波特》，她就走遍当时并不发达的本地书店，最后从首都淘来最新版的书。在大陆还没有中文译本的时候，我已经拥有了台湾版的第一本《哈利·波特》。我对《哈利·波特》的迷恋让我发现了该书中文版译文生硬，妈妈便鼓励我去读英文版本。“聪明”这两个字在小学的时候让我自信无比，我坚信我可以做到别人做不到的事。成功的早教的确让我在上小学的时候游刃有余。初中一年级时，我家搬到了大连。第一次期中考试我只考了年级第 188 名，我顿时哭成了泪人。后面的几次考试，上了发条的我一口气冲到了年级第 19 名。幸福随着第二次搬家再一次烟消云散。我考进了北京四中，然后我的成绩就又垫底了。好在四中很人性化，从来没有公开过我那惨淡的排名，都是发给我一张张的小纸条。我又开始咬牙奋战，到了第二年，我又排在了年级前 20 名。

但是这个故事，其实很悲伤。它并不是对奋斗的讴歌。

从一开始，我的所有动力都来源于：我很聪明，我应该比别人厉害才对。但是这个逻辑，一定会在强手如云的世界里漏洞百出。美国，就是我的第一个滑铁卢。

比不过别人就是世界末日吗

如果说，在中国万千高考大军过独木桥的时候，我都一直是个站在聪明者队伍里的幸运儿，那么来美国念书的最初两年，我幸运地倒下了。杜克大学是全美排名第 8 的学校，原始森林环绕着哥特式建筑。那本来应该是一个青春女孩的天堂。然而，不一样的语言，金发碧眼、活力四射的美国同学，和各个国家高中的尖子生，组成了我的炼狱。思想因为语言的不熟练憋在肚子里倒不出来，文化差异大，学不过别人，连玩也玩不过。慢慢地，我的心理压力让我开始怀疑出国的决定是否正确。

这是我们的教育带给我们的印记。从教育的开始就被注入了竞争的思想，在一轮轮激烈的竞争中，我们对自己的定义变成了一个个数字。在教育的过程中，我们逐渐失去了定义自己的机会。孩童对聪明的理解，和对天才的理解差不多：“聪明的人总是不费吹灰之力便能解决任何难题，天才是不用付出太多努力的。天才一旦用功便会有超出常人的飞速进步。”

如果说，在当今中国教育的道路上，被排名、被卷入竞争不可避免的话，那么家长能做的便是引导孩子，让孩子具有正确的归因能力：归因于事而不是归因于人。告诉他做事要坚持，做人要负责任，告诉他除了自己没有人能够定义他。别人的夸赞和批评，到底是对事还是对人，这种差别对孩子的心理建设极为重要。

20 世纪 90 年代，斯坦福大学著名心理学家 Carol Dweck 的研究表明：从小被夸奖聪明的孩子，在成长过程中会表现出强烈的与他人竞争的意识。同时，他们也更容易在面对困难的时候不接受任何挑战。原因是孩子们害怕失败后别人会怀疑他们不聪明。选择不尝试可以给自己留一条退路。而从小接受“对事不对人”夸奖的孩子，会对自己的进步更感兴趣，同时也更容易挑战自己。这些孩子的承受能力更强，情绪也不会轻易受到影响。

夸孩子聪明，就是在告诉孩子成功的原因是他的本人特质。每当孩子做好了一件事，“聪明”这种夸奖让孩子自动将结果归因于自己本人的天生特质，而不是他对这一件事的理解、努力程度和坚持程度，即所谓“对人不对事”。而当我们对孩子说“你真棒，这件事做得真好”的时候，孩子理解到的是大人对这件事的赞扬。给孩子贴上“聪明”“愚笨”等标签会让孩子忽略他后天的努力和一件事本身的特性。当“聪明”的孩子比不过别人的时候，孩子会立刻将结果归因于自己本身：“比不过别人，我就不再聪明了。如果我不聪明了，那我是谁呢？”

了解自己，才能了解世界

2012 年，我正处于人生的低谷，也处于思维的高地。充满了挫败感的学习生涯，混乱不堪的人生规划，加之浮夸冷漠的社交圈，激发了我的求生本能。我开始反思自己，寻找问题的根源。当时还在念经济专业的我，一口气选修了两三门心理学课。不好意思去看心理医生，就只好挽起袖子自己来了。

只有当一个人真正开始寻找自己的时候，他才能够清楚地看到自己的价值。去掉了所有的光环和附加价值，我是谁?

不要小看这件事，寻找自己很困难。一个人要很了解自己，了解自己的优势劣势，了解自己深层次的欲望，了解自己的心结和恐惧，才能真的做到给自己一个正确的定义和目标。那些看起来非常确定自己想要什么的人，可能并不真的了解自己。漫漫高考路剥夺了孩子探索内心的机会，大部分家长也从未意识到这个问题的严重性。不了解自己，给很多人造成了一生的迷茫与困惑。很多伟人穷其一生都在定义自己。他们在寻找自己的路上，创造了伟大的作品，而成功只是附加值。一个没有了自我的人，人生便会迷茫而灰暗。

那一年，我每天思考自己的喜恶。我发现自己喜欢自由，不喜欢被规矩捆绑手脚；我发现自己观察力很强，但是独立能力很差；我发现自己喜欢深入交流的友谊胜过呼朋引伴的姐妹淘；我发现自己害怕孤单，却更害怕吵闹；我发现自己喜欢帅气但沉默的男生，讨厌放弃自我的女生。更深入一些，我发现我爱跟别人比较的弱点最终让我陷入瓶颈，我发现我脆弱的体质和过重的心理防范机制使我根本不适合事务繁重、人脉胜过业务的金融业。我敏锐的感受力和细致入微的观察力，促使我选择了心理学作为自己的专业。也正是因为选择了适合自己的专业，我开心极了。同时我放弃了无时无刻不在的横向比较，开始为自己设立短期目标。看着自己一点一点进步与超越，我既充实又幸福。

你的孩子了解自己吗？家长们可以问问自己的孩子。他最深层的恐惧除了蜘蛛是不是还有失去自我，他最擅长的事情是不是除了做数学题还有开导朋友。

所有的青春都是在为中年做准备

吴晓波

立冬既过，窗外绿深红浅。顺手抓着一本陈从周的《说园》，录下一段文字：

> 万顷之园难以紧凑，数亩之园难以宽绰。紧凑不觉其大，游无倦意；宽绰不觉局促，览之有物，故以静、动观园，有缩地扩基之妙。而大胆落墨，小心收拾，更为要谛，使宽处可容走马，密处难以藏针。

这段文字，抄下来就觉得很舒服。西湖边有一郭庄，据说是陈从周的最后一件作品，也是他最喜欢的园林。琼瑶的《烟雨蒙蒙》即取景此处。前些年，我常带人去那里喝茶。郭庄很小，却曲折从容，妙处无穷，深得“借”字真味。现在想来，正好比作一篇文章，傍着一个著名的西湖，却自营造出一份独属的景致。

好文章，好人生，亦当如是。

近年来，突然喜欢看建筑师、设计师的文字，因为我觉得他们的实用感是我们这些写文章的人需要学习的。房子是建来让人住的，服装是裁剪出让人穿的，所以，合体舒服是第一要义。写文章是让人读的，也应该这样。山本耀司是我非常喜欢的日本服装设计师，他很喜欢从老照片中汲取灵感，他说自己有很多关于上世纪初人像摄影的图书，喜欢那里面人与衣服之间的关系，人们穿的不是时尚，而是现实。或者换句话说，山本耀司希望他设计的服饰能够给穿它们的人这种感觉。我想，这是一种人们能够通过自己的穿着认识自己的感觉，当你照镜子的时候，你看到的是自己，而非衣服或时尚。

这样的体悟又岂仅与服装有关。大抵造园、作画、裁衣、行文、做企业、为人，天下一理，若胸中格局足够，无论大小都不足惧，关键是大处能容天地，小处能觅细针，须控制事物发展的节奏。所谓“经验”二字，经是经过的事，验是得到印证的事，都与实际有关。

这些道理，都是在中年以后才慢慢体悟出来的。

董桥说，中年是一杯下午茶。我读到这句话的时候不过 30 岁，正在忧伤地听侯德健的《三十以后才明白》，从来没有想过中年离自己到底有多远。

几天前整理书橱，顺手拉过一本董桥的老书，一翻开就碰到这段眼熟的文字，竟突然有了白驹过隙的悚然。

林肯说，人到 40 岁，就该对自己的长相负责了。这样算来，我对自己负责的日子已经有些年份了……

还想到一个故事。美国诗人艾伦·金斯堡早年狂放不羁，是嬉皮士的精神领袖，过了 40 岁后，居然喜欢西装革履。有人不解地问他，这位老兄说：“我以前不知道西装是这么好看，这么舒服嘛！”

人过了 40 岁，才突然开始享受寂寞。梁实秋说：“我们在现实的泥潮中打转，寂寞是供人喘息几口的新空气，喘几口之后，还得耐心地低头钻进泥潮里去。最高境界的寂寞，是随缘偶得，无须强求。只要有一刻的寂寞，我便要好好享受。”写出《麦田里的守望者》的塞林格是我喜欢的一个作家，他曾经说：“一个不成熟的男人是为了某种崇高的事业英勇地献身，一个成熟的男人是为了某种高尚的事业而卑贱地活着。”

所有的青春都是在为中年做准备。我今天讲这样的话，年轻的你未必会同意，但我经历过的事实正是如此，在这个中年的午后，你能够安心坐在有春光的草坪上喝一杯上好的龙井茶，你有足够的心境和学识读一本稍稍枯燥的书，有朋友愿意花时间陪你聊天，你可以把时间浪费在看戏、登山、旅游等诸多“无用”的美好事物上，这一切的一切都是有“成本”的，而它们的投资期无一不是在你的青春阶段。

——喝下午茶，对自己的长相负责，西装革履，卑微而平静地活着。

玫瑰和胶囊

沈奇岚

这几乎是一个悖论：在这个信息爆炸的年代，人们的阅读量大幅下降。并不是人们的阅读力降低，而是人们愿意给予阅读的时间越来越少。

十多年前笔者曾经参加过一次国际论坛。有一位非常年轻的企业家介绍自己的新公司，经营的主要业务是“替人读书”。许多大企业的管理人员总是非常忙碌，却又很想读书。这家公司就为这些想读书而没有时间读书的人把三百页的大部头著作精简成十页的“精华”。负责摘选和撰写“精华”的人都是具有高学历的研究人员，以保证浓缩的一定是精华。一时间这家公司十分受欢迎，它提供的“精华”摘要，犹如读书界的营养胶囊，小小一粒，让人们觉得获得了所需要的信息和养分，同时大大节约了时间。

当时我就想，这套办法是没法用在文学和哲学书上的吧，否则《安娜·卡列尼娜》的摘要精华，就是一句“已婚的安娜爱上了渥伦斯基，离开了家庭，然后卧轨自杀”，而《简·爱》的摘要就是“家庭教师简·爱在罗切斯特先生家里教书，后来嫁给了他”。如果抽去了故事的细节，抽去了一切社会属性和事情发展的时间性，没有一个故事值得一读，没有一个人物值得去爱。好作品是无法压缩成所谓的精华的，尽管读好作品必须付出时间和精力，但这才是真正能够回馈到生命本身的阅读。

以获取信息为目的的阅读，或许可以压缩成“精华”，让无暇与心灵对话的读者迅速吞咽，立即获得营养。这是兔子吃胡萝卜式的阅读，是占有性的阅读。而另外一种阅读，更从容。它考验读者的情趣，也试探读者的耐心。在阅读中，读者和书中的内容建立起生命的联系。读者找到了阅读的意义，增强了思维能力和感情容量，生命也因此而丰富起来。

读书是个选择。读书的目的不仅仅是为了获得知识，还为了正确度过生命时光。或许在一个节奏加快的世界里，选择读书本身就是一件奢侈的事情。获得信息和知识，在互联网时代是容易的，而思维能力的增强和理解力的增加是有难度的。当网络渐渐分担甚至取代了图书传播信息和知识的功能时，滋养心灵成了书籍更重要的功能。那些不可压缩的是什么？那些不能变成“精华摘要”的是什么？这是每一个读书人值得思考的问题。这个时代盛产各种各样的营养胶囊，一粒玫瑰胶囊或许有助于皮肤保养，而一朵盛开的红玫瑰可以召唤整个春天。

苦，才是人生

那么喝茶不为解渴，只在辨味，细味那苦涩中的一点儿回甘。

细味那苦涩中的一点儿回甘

杨绛

曾听人讲洋话，说西洋人喝茶，把茶叶加水煮沸，滤去茶汁，单吃茶叶，吃了咂舌道："好是好，可惜苦些。"新近看到一本美国人作的茶考，原来这是事实。茶叶初到英国，英国人不知怎么吃法，的确吃茶叶渣子，还拌些黄油和盐，敷在面包上同吃。什么妙味，简直不敢尝试。以后他们把茶当药，治伤风、清胃肠。不久，喝茶之风大行。1660 年的茶叶广告上说："这种刺激品，能驱疲倦，除噩梦，使肢体轻健，精神饱满。尤能克制睡眠，好学者可以彻夜攻读不倦。身体肥胖或食肉过多者，饮茶尤宜。"莱顿大学的庞德戈博士应东印度公司之请，替茶大做广告，说茶"暖胃，清神，健脑，助长学问，尤能征服人类大敌——睡魔"。他们的怕睡，正和现代人的怕失眠差不多。怎么从前的睡魔，爱缠住人不放；现代的睡魔，学会了摆架子，请他也不肯光临。传说，茶原是达摩祖师发愿面壁参禅，九年不睡，上天把茶赏赐给他帮他偿愿的。胡峤《飞龙涧饮茶》："沾牙旧姓余甘氏，破睡当封不夜侯。”唐悦《森伯颂》：“方饮而森然严乎齿牙，既久而四肢森然。”可证中外古人对于茶叶的功效，所见略同。只是茶叶的“余甘”，不是喝牛奶红茶者所能领略的。

浓茶拌上牛奶和糖，香洌不减，而解除了茶的苦涩，成为液体的食材，不但解渴，还能疗饥。不知古人茶中加上姜、盐，究竟什么风味，卢仝一气喝上七碗的茶，想来是叶少水多，冲淡了的。诗人柯勒律治的儿子，也是一位诗人，他喝茶论壶不论杯。约翰生博士也是有名的大茶量。不过他们喝的都是甘腴的茶汤。若是苦涩的浓茶，就不宜大口喝，最配细细品。照《红楼梦》中妙玉的论喝茶，一杯为品，二杯即是解渴的蠢物。那么喝茶不为解渴，只在辨味，细味那苦涩中的一点儿回甘。记不起英国哪一位作家说过，“文艺女神带着酒精味”，“茶只能产生散文”。而咱们中国诗，酒味茶香，兼而有之，“诗清只为饮茶多”。也许这点苦涩，正是茶中诗味。

法国人不爱喝茶。巴尔扎克喝茶，一定要加白兰地。《清异录》载符昭远不喜茶，说“此物面目严冷，了无和美之态，可谓冷面草”。茶中加酒，或可使之有“和美之态”吧？美国人不讲究喝茶，北美独立战争的导火线，不是为了茶叶税吗？因为要抵制英国人专利的茶叶进口。美国人把几种树叶，炮制成茶叶的代用品。至今他们的茶室里，顾客们吃冰淇淋、喝咖啡和别的混合饮料，内行人不要茶；要来的茶，也只是英国人所谓“迷昏了头的水”而已。好些美国留学生讲卫生不喝茶，只喝白开水，说是茶有毒素。茶叶代替品中该没有毒素。不过对于这种“茶”，很可以毫无留恋地戒绝。

伏尔泰的医生曾劝他戒咖啡，因为“咖啡含有毒素，只是那毒性发作得很慢”。伏尔泰笑说：“对啊，所以我喝了70年，还没毒死。”唐宣宗时，东都进一僧，年百三十岁，宣宗问服何药，对曰：“臣少也贱，素不知药，惟嗜茶。”因赐名茶50斤。看来茶的毒素，比咖啡的毒素发作得要更慢些。爱喝茶的，不妨多多喝吧。

你们也不会年轻很久

王朔

我以前说过，每到天气转凉的时候，我就会莫名地忧伤起来，无关名利，无关生活，可能是缘于骨子里残存的诗意。关于诗意这件事，我很少提起，只在朋友聚会、场面沉闷时偶尔说说，这总能立刻引得众人哄堂大笑，看来诗意还是有用处的，我很欣慰。

这次忧伤得比较彻底，因为今年听得最多的词就是“青春”“梦想”什么的，让我这个没有青春、没有梦想的人情何以堪。其实我也是有追求的——我就想有吃有喝、到处闲逛，但把这个说成梦想总觉得有点儿底气不足。

原来我一直是个自我感觉良好的人，即使明知年岁见长，我也认为，只要有颗年轻的心，自己就永远 25 岁。直到有一天，我看到一个令我心动的姑娘，心里第一个念头竟然是：“这个姑娘对我来说会不会有点儿小？”

那一刻，我才绝望地发现，自己真的老了。

以前，我喜欢李白——“人生得意须尽欢，莫使金樽空对月”；现在，我喜欢杜甫——“亲朋无一字，老病有孤舟”。杜甫在忧国忧民、没房没车、缺吃少穿的情况下能活到 58 岁，绝对是个奇迹。以前，我喜欢看《快乐大本营》；现在，我喜欢看《新闻联播》。以前，我喜欢张爱玲；现在，我喜欢史玉柱。以前，我喜欢吃饭；现在，我喜欢喝粥。以前，我特别怕麻烦；现在，我喜欢凑热闹。以前，一觉睡到 12 点；现在，6 点准时起床撒尿……每当听到一个 20 岁出头的年轻人叙述他的坎坷命运时，我都不禁唏嘘感慨：我这辈子真是白活了！没做过振奋人心的事情，没说过感人肺腑的誓言，甚至唱首歌都会跑调。有很多年轻人生活得很滋润，传不完的照片、晒不完的幸福，吃了个凉皮也要拍张照片上传；去了趟“新、马、泰”恨不得让奥巴马都知道。文艺青年的梦想就是开个书店，年轻女白领的梦想就是开个咖啡馆，只要是个人，他的梦想就是环游世界。还有很多年轻人，20 多岁就自认为阅人无数、饱经风霜，满口的“曾经沧海”。经常会碰到自称大叔的“85 后”，我躲在阴暗的角落里恶狠狠地想：别嘚瑟！迟早你会变成真正的大叔！

其实，说得再多也掩饰不了我这个老男人对青春的羡慕嫉妒恨，不过唯一让我欣慰的是：你们也不会年轻很久。

你在大雾里得意忘形

铁凝

那时在冀中乡村，我常在清晨无边的大地上看雾的飘游、雾的散落。看雾是怎样染白了草垛、屋檐和冻土，看由雾而凝成的微小如芥的水珠是怎样湿润着农家的墙头和人的衣着面颊。雾使簇簇枯草开放着簇簇霜花，只在雾落时橘黄的太阳才从将尽的雾里跳出地面。于是大地玲珑剔透起来，于是不论你正做着什么，都会情不自禁地感谢你拥有这样一个好的早晨。

后来我在新迁入的这座城市度过了第一个冬天。这是一个多雾的冬天，在城市的雾里，我再也看不见雾中的草垛、墙头，再也想不到雾散后大地会是怎样一派玲珑剔透。城市有了雾，会即刻不知所措起来。路灯不知所措起来，天早该大亮了，灯还大开着；车辆不知所措起来，它们不再是往日里神气活现的煞有介事，大车、小车不分档次，都变成了蠕动，城市的节奏便因此而减了速；人也不知所措起来，早晨上班不知该乘车还是该走路，此时的乘车大约真不比走路快呢。

在一个大雾的早晨，我要从这个城市的一端走到另一端。我选择了一条僻静的小巷一步步走着，我的前后左右只有不到一米远的清楚。一切嘈杂和一切注视都被阻隔在一米之外，一米之内才有了“白茫茫大地真干净”的气派。

为何不作些腾云驾雾的想象呢？假如没有在雾中的行走，我便无法体味人何以能驾驭无形的雾。一个“驾”字包含了人类那么多的勇气和主动，那么多的浪漫和潇洒。原来雾不只染白了草垛、冻土，不只染湿了衣着肌肤，雾还能被你步履轻松地驾驭，这时你驾驭的又何止是雾？你分明在驾驭着雾里的一个城市，雾里的一个世界。

为何不作些黑白交替的对比呢？黑色也能阻隔嘈杂和注视，但黑夜同时也阻隔了你注视你自己。只有大雾之中你才能够在看不见一切的同时，清晰无比地看见你的本身。你那被雾染着的发梢和围巾，你那由腹中升起的温暖的哈气。

于是这阻隔、这驾驭、这单对自己的注视就演变出了你的得意忘形。你不得不暂时忘掉“站有站相，坐有坐相，走有走相”的人间训诫，你不得不暂时忘掉脸上的怡人表情，你想到的只有走得自在，走得稀奇古怪。

我开始稀奇古怪地走，先走一个老太太赶集：脚尖向外一撇，脚跟狠狠着地，臀部撅起来；再走他一个老头赶路：双膝一弯，两手一背——老头走路两条腿是僵硬和平衡的；走他一个小姑娘上学：单用一只脚着地转着圈儿地走；走他一个秧歌步：胳膊摆起来和肩一样平，进三步退一步，嘴里得叨念着“呛呛呛，七呛七……”；走个跋山涉水，走个时装表演，走个青衣花旦，再走一个肚子疼。推车的、挑担的、背筐的、闲逛的，都走一遍还走什么？何不走个小疯子？最后我决定走个醉鬼。我是武松吧，我是鲁智深吧，我是李白和刘伶吧……原来醉着走才最最飘逸，这富有韧性的飘逸使我终于感动了我自己。

我在大雾里醉着走，直到突然碰见迎面而来的一个姑娘——你，原来你也正踉跄着自己。你是醉着自己，还是疯着自己？感谢大雾使你和我相互地不加防备，感谢大雾使你和我都措手不及，只有在雾里你我近在咫尺才发现彼此，这突然的发现使你我无法叫自己戛然而止。你和我都笑了，笑容都湿润都朦胧，宛如你与我共享着一个久远的默契。从你的笑容里我看见了我，从我的笑容里我猜你也看见了你。刹那间你和我就同时消失在雾里。

当大雾终于散尽，城市又露出了她本来的面容。路灯熄了，车辆撒起了欢儿，行人又在站牌前排起了队。我也该收拾起自己的心思和步态，像大街上所有的人那样，“正确”地走着奔向我的目的地。

但大雾里的我和大雾里的你却给我留下了永远的怀念，也许我们终生不会再次相遇，我就更加珍视雾中一个突然的非常的我，一个突然的非常的你。我珍视这样的相遇，或许在于它的毫无意义。

然而意义又是什么？得意忘形就不具意义？人生又能有几回忘形的得意？

你不妨在大雾时分得意一回吧，大雾不只会让你悠然地欣赏屋檐、冻土和草垛，大雾其实会将你挟裹进来与它融为一体。当你忘形地驾着大雾冲我踉跄而来，大雾里的我会给你最清晰的祝福。

名叫彼得的猫

〔日〕村上春树
林少华　译

学生时代我在三鹰住宿舍的时候捡了一只小公猫。与其说是捡的，不如说是一天晚间我走路时它擅自“喵喵”地跟在后面，一直跟进我的宿舍。它是一只褐色虎纹猫，毛长长的，两腮毛茸茸的活像连鬓胡，十分可爱。

一段时间里我没有给猫取名字。后来一天听深夜广播节目，记得是《通宵日本》，有一封听众来信说：“我养了一只名叫彼得的猫，不知跑去哪里了，现在我寂寞得很。”我听了，心想那好，这只猫就叫彼得好了！

彼得这只猫绝对聪明能干。学校放假我回家期间，它作为野猫在那一带设法自谋生计，我回来后它又好端端地回到我身旁。说起当时养猫的困难，不外乎我的经济状况往往捉襟见肘。主人都没钱吃顿饱饭，哪会有猫吃的呢？身无分文的状态一个月当中一般要持续一个星期。那种时候我常向班上的女孩子求援。我若说自己因为没钱正饥肠辘辘，对方必定不理我：“活该！那是你村上君自作自受。”而若说“没钱了，家里的猫什么吃的也没有”，多数人会予以同情，说一声“没办法啊”，借一点儿钱给我。

我结婚时还是学生，穷得叮当响，只好暂且在老婆娘家白吃白喝。老婆娘家经营被褥店，岳父对我说：“猫万万不能领来。那岂不要给卖的东西沾上毛了？”那倒也是。

十月一个阴沉沉的午后，我把几件家具杂物和一些爵士乐唱片收藏品装上轻型卡车，在一无所有、空空荡荡的房间里把金枪鱼做的生鱼片给彼得吃。“对不起呀，这回我结婚了，那边有那边的情况，不能把你领去的。”我简明扼要地对彼得解释，但彼得只顾狼吞虎咽闷头吃金枪鱼——终究是猫，不能理解主人种种啰唆的情由。我把吃完金枪鱼仍在“吧唧吧唧”舔盘子的彼得扔在身后，坐上轻型卡车离开宿舍。我和老婆沉默不语。过了一会儿，老婆说：“算了，还是把那只猫一起带走吧，总有办法的。”我们急忙返回宿舍，把仍在呆呆地思索金枪鱼的彼得紧紧抱在怀里。

岳父一开始大发脾气：“把猫领来了，开什么玩笑！还不扔到什么地方去！”但看样子他本来就不那么讨厌猫，所以很快就背地里喜欢上了彼得，当着我的面倒是常常没理由地抬脚踢去一边，一大早在没人的地方却偷偷摸猫的脑袋，给它东西吃。即使彼得往婚礼用的褥子上小便，他也只是说了句“换掉”了事。

遗憾的是，彼得未能在此养到最后。因为彼得是在乡下长大的，晓得独立谋生，没办法在文京区的商业街生活。肚子一饿，它就一溜烟钻进附近人家的厨房，毫不犹豫地把里面的食物叼走。我们得时常听附近太太们的抱怨：“府上的猫把我家剖开的竹荚鱼偷走了。”我们每次都要低头解释。而且它是在武藏野的大自然中逮着鼹鼠自由自在长大的，这种到处是水泥和汽车的商业街生活弄得它心力交瘁，最后精神失常，开始到处小便。这当然非同小可。如此一来二去，我们只好把彼得脱手。住在乡下的一个熟人接收了彼得："我家旁边就有一大片树林，动物多得很。猫在这里应该过得很幸福吧！"

听熟人说，彼得在乡下过得自由自在、快快乐乐。每天吃完早饭就钻进附近树林，在那里尽兴玩耍，玩够了回家。我听了，心想不管怎么样，对彼得来说这才是最幸福的生活。这样的日子持续了几年。某日，彼得终于不再回家了。

我有时仍会想起静静地消失在树林里的野生公猫彼得，而一想彼得，我就想起自己还年轻、还贫穷、不知恐惧为何物，却也不知日后出路的那个时代，想起当时遇见的众多男女。那些人后来怎么样了呢？其中一个至今仍是我的太太，在那边吼道："喂喂，衣柜抽屉打开也不关上，成什么样子！"

山 茶 花 开

〔美〕艾伦·威尔蒂
孙开元　译

年幼的时候，我幻想着能有一只老鼠当我的男朋友，准确地说，就是卡通片里的米老鼠。我天生胆小，而米老鼠很勇敢，有它在身边，我就什么也不用怕。

当别的孩子大呼小叫地玩着躲避球时，我只能坐在墙边看热闹。有时妈妈正巧看到这情景，就会问我为啥不和别的孩子一起玩。这时候我总是不知怎样解释才好，所以只好以耸耸肩代替回答。其实我也想玩躲避球，可是没这胆量，只要一想到往玩球的孩子们身边走，就像有人拽着我一样，迈不动步。“其实玩躲避球一点儿也不可怕！”妈妈总是朝我这样喊一声，然后就走开。

我和谁都没说起过自己干啥都害怕的毛病，直到后来南希姨妈来我们家做客。南希一个人住在拉斯维加斯乡下，她住的是我听说过的最漂亮的房子——一座公寓，外面有个游泳池。和南希闲聊时，她从我的话里套出了一件事——我上的那所小学将要举行一场音乐会，我却因为太胆小不敢参加。人还没报名，害怕先来了。“你和我一样。”她说，“我这辈子错过了不少好机会，就是因为我胆小。不要和我似的，宝贝儿。尝试一下新事物，不要让恐惧害得你一事无成。”

我眨了眨眼，然后又眨了眨眼。姨妈，一个大人，一个女强人，竟然承认她也有害怕的时候。我意识到姨妈刚刚把她体会到的人生最重要之事告诉了我，我的人生从此有了巨大的转变。在音乐会的那天晚上，我站在聚光灯下独唱了一首歌曲《我叫贝思》。我相信台下可能会有一只“米老鼠”在朝我挤眼，但是我忘了害怕，在畅快中微微颤抖着。我唱的这首歌是演出的一部分，也成了我生命中的一部分。

多年之后我才知道，对于如何平衡生活这个问题，南希姨妈其实是世界上最没资格给别人忠告的人。她自己的生活并不像她的房子那样漂亮——她独身一人，而且很少和人交往。她在20多岁时被一个有妇之夫甩了，此后再没谈过恋爱。她在生命的最后几年，只是在给自己和给她的猫买吃的东西时才会出门，她的报纸和衣服堆积如山，仿佛成了挡在她和世界之间的一道墙。虽然她自己的生活并不完美，她却依然鼓励着我。在我去年搬到澳大利亚之前，我和她住了一夜。我们彻夜未眠，聊着她的乡下生活——那里的夏天和冬天都显得很短暂，那是一个偏僻的地方，我们俩都不知道除了她还有谁在那里住。

我的勇敢至今也是时有时无的，但是最终我都能找回信心，因为我知道姨妈的教诲是对的，这个世界不仅喜欢勇敢者，也为胆小者敞开着同样宽广的怀抱。当人们说“那些人自己不行，还好意思指点别人”时，他们往往是把别人的忠告当成了一种侮辱。从另一方面来讲，还有比那些说“虽然我很失败，但是我希望能看到你成功”更为慷慨的人吗？

姨妈临终前的几句话是在病床上和我说的，她只字未提她身体或心灵上的痛苦。她的话只有寥寥数语，却让我终生难忘：“我窗外的风景真好，山茶花正在盛开，美极了。”

随时间消失的刺

刘同

我不赞成失恋了要安慰的重要原因是，如果你不被伤到麻木，你就会一直痛下去。

记得有一年去海岛，我下船去游泳，被水中的海胆刺破了脚趾，很长一根刺断在了脚趾里，痛不欲生的我只能游回船上。在船上，一个有同样遭遇的外国女孩正在被船员救治。我看到船员拿玻璃罐一下又一下砸她的伤口，女孩的表情却从疼痛难忍慢慢变得平和安静下来，我的心情也就没那么焦虑了。轮到我时，船员让我忍住疼痛，他用蹩脚的英文告诉我这是最好的办法，然后用同样的玻璃罐用力砸我受伤的脚趾，一下、两下、三下……非常使劲，血流了不少，但脚趾里的刺丝毫没有要出来的意思。说来也奇怪，船员砸了十几下之后，我的脚趾已经被砸得麻木，渐渐失去了痛感。他问我还疼不疼，我摇头示意已经不疼了。然后他放下我的脚，对我伸出大拇指说“OK”。

我疑惑地看着船员，不停地用手比画：我脚趾里的刺没有出来啊！他笑了笑，也用手势示意我：就是这样的，一旦失去了疼痛感，即使有刺也不觉得痛了。

回国之后，我渐渐忘记了这件事情，过了几个月，我突然想起来，脚趾里还有一根海胆刺！连忙检查，却发现刺已经不见了，好像已经被身体吸收了，令人讶异。上网一查，才知道常在海边生活的人，一旦扎了海胆刺，就得第一时间把刺“拍死”，避免其释放毒素，这样刺即使留在身体里，也会随着时间被身体吸收。

不疼分很多种，有一种是伤口已经愈合，还有一种是伤得血肉模糊，变得麻木。有些不疼，是早已愈合，提起来只有伤疤，没了感受；有些不疼，是几近麻木，感受爱的能力全都用来感受痛了。你要相信自己有强大的愈合能力，即使心里有刺没拔出来，也会随着时间的流逝最终不再痛。

好情绪和坏情绪

游识猷

恐怕没有人喜欢坏情绪，但科学家们已证明，坏情绪也有大用处。恐惧，让我们远离危险；焦虑，让我们未雨绸缪……各种坏情绪增加了我们的生存概率，这叫“生于忧患”。但是，好情绪除了让我们“感觉很好”之外，还有其他“实际用途”吗？不会只是为了让自己“死于安乐”吧。

当然不是！美国北卡罗来纳大学教堂山分校的心理学教授芭芭拉·弗雷德里克森发现，积极的情绪除了让你更幸福之外，还能让你的生命变得更丰富，也更宽广。她将此称为积极情绪的“扩展和建构”效应。简言之，消极情绪让我们在恶劣的环境中活下来，积极情绪让我们在良好的环境中发展提升自己。

弗雷德里克森发现，积极情绪不仅仅是“好事带来的结果”，更是“好事发生的原因”。当下就感觉幸福的人，未来获得自己“想要的生活”的概率更高。在积极情绪下，人的视野变得更广，思维变得更活跃，于是能够注意到情绪低落时注意不到的信息，想出情绪低落时想不到的点子。幸福的医生更少误诊，幸福的谈判者经常“双赢”，就是这个道理。

另外，积极情绪也让人更愿意和他人交往乃至合作，这就带来了新人脉。而新信息、新点子加上新人脉，调配出的就是人生全新的可能性。弗雷德里克森曾要求志愿者写出“自己想做的事”，结果发现，那些预先被笑话逗乐的人，写出的事情明显要多过情绪平淡的人，也远远多过刚感受过愤怒或恐惧的人。

但积极情绪也有两大问题：微不足道，容易转瞬即逝。比起消极情绪，积极情绪往往持续的时间短，带来的影响小。同一天里，你捡到了一百元，又弄丢了一百元，最终你的情绪必定低迷——坏事比好事让人感觉更强烈，这在心理学上叫“消极情绪偏见”。事实上，心理学家研究指出：至少得碰到两件好事，才能抹掉一件程度相仿的坏事带来的坏心情。

正因为如此，村上春树提出的“小确幸”才风靡一时。每个人都需要有很多的“微小而又确切的幸福”，才能笑对生活中的一地鸡毛。回忆一件美好的往事，接受一点儿小小的善意，哪怕只是摸摸狗，逗逗猫，看个段子笑一笑，这都是在提升自己的“积极率”，继而才能鼓足动力，去创造更丰盈精彩的人生。正如村上春树所言：“如果没有小确幸，人生只不过像干巴巴的沙漠而已。”

喝　酒

胡宝国

近些年，我越来越不能喝酒了，稍微喝多一点儿就可能醉倒，而且车轱辘话来回说，很是烦人。有一天在朋友家喝了酒，第二天，给几个当时在场的朋友都打了电话，问昨天是谁把我送回家的。他们都说，没人送，是你自己回家的。居然丧失了一段记忆！我知道，这是衰老的表现。年轻时就不一样了，喝酒后，谈话常有超水平发挥，而且也有自己未醉而看别人醉倒的时候。那时我有一个总结，喝酒时，一旦讨论到人生等重大问题时，基本上就是喝多了。

人喝了酒，状态就不一样了，二十多岁时常有荒唐表现。记得有一次喝多了，骑车回家，每骑二十多米就从车上摔下来一次。当时不仅不觉得疼，而且还觉得这很正常，好像骑车就应该这么不断地往地上摔。还有一次深夜在朋友家喝多了，骑车在路上，不断狂喊。因为是夜里一点多钟，把路上偶遇的行人都吓得够呛。快到家时，我又大喊一声，这回把我吓着了，因为前面那人一回头，我才发现是个警察。

当学生时，大家都没钱，我记得有一次，五六个人一起喝酒，只有一个煮鸡蛋。看着鸡蛋，同学们都说，这要是个咸鸡蛋就好了。谁都舍不得吃，每个人只是用筷子尖儿象征性地点一下那鸡蛋黄。就这样居然喝下大半瓶白酒，持续了近一个小时。

比较奢侈的时候也有。某日晚饭，我们从食堂买回几个猪蹄子。因为是从冰柜里刚取出来的，冻得硬邦邦的。有人提议用两个电热器放在一个大盆里煮。大约过了二十分钟，肉软了。大家都很高兴，说是一举两得，既有肉吃，又有汤喝。结果我很不识相地说了一句话，败了大家的兴致。我说："这汤有什么好喝的，不就是一盆洗脚水嘛。"

临近毕业那年，我和学考古的 W 君同住一个宿舍。因为 W 君是俞伟超先生的研究生，所以俞先生晚上常来我们宿舍聊天。俞先生是很绅士的，只要给他倒一杯茶水，哪怕是用的劣质茶叶，他也会很认真地、很诚恳地向你连声道谢，随后便很大气地拍出两盒烟，通常是阿诗玛牌的。那时我们学生也就能买得起三四毛钱一盒的烟，而阿诗玛要九毛多一盒。他一来，我就知道今天晚上又能抽好烟了。

聊到高兴时，俞先生常常会用商量的口吻说："我们搞一点儿酒来喝好不好？"说罢他就下楼买酒买肉。这样一来，聊到深夜就成了家常便饭。日子久了，我觉得还挺有意思，可 W 君受不了了，因为他的论文还没写完。一日，俞先生又来，聊到深夜。他饿了，可商店都关门了，俞先生问我："你这里还有什么吃的吗？我们搞一点儿来吃吃。""还有三个鸡蛋。"我说。俞先生说："那太好了，都煮了吧，我们一人一个。"吃完鸡蛋，又过了一个小时，俞先生走了。他刚出门，W 君就跟我急了："你这人真没脑子，真多事。你给他煮鸡蛋干什么？你就告诉他没吃的，他不就走了？这倒好，又多坐了一个小时。以后记住，别给他弄吃的。”俞先生真可怜。这种学生真是最好不招，还是我比较仁义。

岁数大了，对喝酒的兴趣就逐渐减少了。前几年去南方某地，县委一班人请我们吃饭喝酒。酒虽然很好，但他们居然是用小碗喝，这可把我吓坏了。我不敢喝，趁他们不注意，把酒偷偷倒在了地上，当时以为自己很高明。结果饭后出门时，一个处长已经喝得东倒西歪了。他比比画画地用手指着我说：“胡教授啊，胡教授，你那个胡就是狐狸的狐！”

关于喝酒，还有很多可以说的故事。一位朋友喝酒时总喜欢引用他外婆的话：“酒是人中乐，可少不可无。”话虽如此，但真喝起来是很难控制的。开始喝酒，是你在控制酒，可喝到后来，就是酒控制你了。喝酒如此，人生之事也大抵如此。

如果天空不死

七堇年

在过去的短短几年里，我从少年变为青年。也许还是年纪太轻，生活里充满了太多不值得那么快乐的快乐，和不值得那么悲伤的悲伤。要说波澜，其实不过是池塘里的涟漪。我们的生命这样单薄，一切大痛大彻，其实不过只存在于我们的幻想之中。因为对人群的兴味索然以及对言语的厌倦，我总是选择独自行走。

如此，似乎是越来越孤独。认识我的陌生人越来越多，记得我的旧朋友却越来越少。若这就是成长，那未免也太残酷。成长，原来不过是由无数离别构成的相遇。

曾经答应过你，要和你一起开车沿着海岸线南下旅行。而今尽管许下这个心愿的人已不在，我还是用暑假的 21 天时间拿下了驾照。

于是在情绪低落的某一天黄昏，头一次独自开车，去郊县兜风。一路上放着一些旧情歌，天色渐晚，暮色四合，我心里越来越落寞。

车窗外是黯淡的田野。已到了收割谷子的季节，远处焚烧稻秆的烟雾淡淡地将田野覆盖了一层蓝色，气息辛辣而芳香，有泥土的质感。朴素的乡下人背着背篼带着孩子走在马路边，也许是要回家。

这不是沿着海岸线的道路，身旁也空无一人。落空的不仅仅是诺言，还有一些信任，一些生命中的时光，以及希望。

我开着车从那些回家的农家人身边经过，离城市越来越远，却越来越有归家的感觉。好像这渐渐黑暗的道路的尽头，便是我的家。而我将一个人，为着这模糊的尽头一直前行，就算前方是必须勒马的悬崖。

其实我想说的是，在我们的往事里，你还总是穿着黑白衣裤和球鞋，骑着一辆灰色的二手自行车，后座上载着我，一起去吃饭，去自习，去买书……在城市的车水马龙之间握紧车把穿来穿去，从款型漂亮的名牌跑车旁边经过的时候大声叫“啊，好车呀”……

你也会在流完了口水之后不客气地说，等我们30岁的时候，肯定也会开着你喜欢的那款玛莎拉蒂，去……

但我也曾经有一次在心里想要对你说——

是不是到了30岁的时候，我们也会开着一辆这样的好车，挡风玻璃后是自己带着而立之年的疲惫和麻木的面孔，在红灯前停下的短暂时间里，侧头望见车窗外面骑着自行车、笑容融进了阳光、穿梭在街道上的少年恋人……羡慕得心酸不已呢？

那样的一个骑车载你的少年，那样的一个肩胛骨突起的白T恤后背，那样一些阳光灿烂的青春岁月……是不论用多少辆名牌跑车，也追不回来的年轻时代。

那一刻我该也会慨叹岁月流逝无声，恋慕起往昔的甜美，感到内心因为布满时光的脚印而粗糙起来了吧。

但最终还是会一笑而过，在红灯转为绿灯的时刻，松开离合器，踩下油门，抬头向前，甩掉那些只有年轻时代才会如此大动干戈的悲和喜，绝尘而去。

看，在同一条路上，各有各的道：机动车道、自行车道、人行道……每一个人只能走属于他的道。

生命也是如此。

在太多已说出或者未来得及说出的“再见”中，我已走过 20 年。其实明明知道再也不会相见，但仍然必须在道别时刻给自己一个婉转的希望。说着天下没有不散的筵席，我们却总是执着酒杯，拉着一只曾经爱过或者仍然爱着的手，想要再唱一首歌。

杯中百味

从维熙

一壶酒，一个人，独坐在临街餐馆的窗下，看大千世界的人间万象，是一种人生情趣。在熙熙攘攘的都市中，望人群如蝼蚁般奔忙，见车辆如过江之鲫穿行，更觉一个人的闲适之乐。古人说“人生难得寂寞”，这大概是人步入晚年之后的一种境界。

昔日，我还没有独饮的习惯，常常是在频频的碰杯声中，走向感情的极致。记得20世纪90年代初，我的书斋里曾聚集了20多位友人，大家频频举杯，直到尽欢尽兴后才各自离去。随着生命年轮的增长，友人都进入了老年，那样开怀畅饮的相聚时光一去不复返，有的朋友甚至提前去了天堂，如叶楠、朱春雨。我时常回放那盘记录着书房饮酒畅谈画面的录像带：王蒙、张洁酒后的爽声大笑，李国文与刘心武的杯前低语，莫言、张抗抗与梁晓声的酒后红腮……这些画面都令我在回忆往昔时得到一种精神上的享受。之所以有如此感受，实因随着岁月的流逝，饮酒的知音越来越少了不说，一些昔日善饮的友人，大都活得越来越谨慎，把舒筋活血的美酒视若长寿之大敌。我则无意改变生命轨迹，这是因为我没有死在 20 年前的风雪驿路上。自视为“超期服役”的士兵，已是“物超所值”，没什么可畏惧——正好与友人们的忌酒行为相反，我每天适量地饮上两杯，在杯中享受中国美酒的甘甜清冽，同时感悟着百味人生。

独饮过程中有不少插曲。一次，我在楼下的餐馆独坐，饮到得意之时，突然发现了一个熟悉的身影，这不是海岩吗？他也看见了我，亦觉惊奇。他看着我破旧的酒瓶，问我喝的什么酒，我答：“败絮其外，金玉其中。”为了携带方便，也为了避免引人注意，我把茅台酒倒进了小瓶子里。饭馆女老板是个文学迷，曾看过海岩写的《永不瞑目》，除了免单，还特意跑回家取来数码照相机与海岩合影留念。她说：“果然真人不露相，从老不修边幅，初来我们这儿吃饭时，我还以为是哪个单位看大门的，你们这行的人，真有点儿‘败絮其外，金玉其中’，看海岩老师这身打扮，不就像个小小办事员吗？”

还有一则酒事趣话。一日，我见一个的哥把车停在了门外，走进餐馆，恰好在我的对面坐了下来。他开口就要了一小瓶二锅头。我开始不安起来，酒精对于开车这个行当，显然是无形的杀手，于是我向服务员要了一瓶牛奶推到他的面前，同时用手指了指餐桌旁张贴着的宣传画——司机一滴酒，行人千行泪。这位中年司机顿时愣住了，苦笑着说：“干我们这一行的，天天疲于奔命，闲下来就想喝上两口。”我说：“我留下你的酒，你喝我要的这瓶牛奶，算是等价交换吧，怎样？”老的哥非常爽快，把那瓶牛奶一饮而尽。

望着窗外，纷繁尘世中，每个人都在生活的圆圈中旋转：外地来京的打工者，疾如星火地穿梭于街道寻找生计；北京的大爷们，手提鸟笼优哉游哉地享受着人间的清闲；有车族开着轿车匆忙过市，去开拓新的生财之道；一些时尚男女喁喁私语，不知彼此倾吐的是真情，还是假意；某些养狗族，看宠物在街头拉屎装作目盲，还要装出一副白领的风姿；那些蹬着平板车收购旧电器的人，声声吆喝，流露出城市打工族生活的艰难。

大概出于职业本能，我也不难分辨进餐馆里的客人，哪个是用公款吃喝的官员，哪个是自掏腰包的百姓，哪个是一夜暴富的小老板，哪个是败走商海的不幸儿……某些戴有乌纱帽的食客，举手投足之间总有一种“舍我其谁”的官气。有一天，我认识的一位文坛官员带着同僚走进餐馆，我看见了他淋漓尽致的人生表演。与同僚们喝到腾云驾雾之际，他先评文坛张三，又议文坛李四，说到得意之处时，便自吹自擂开了：“当个头头容易吗，要有应对上下的本事。文坛自古就是是非之地，今天文坛更是上下左右、八面来风的风口，哪边吹来的风，你都不能不加理睬，不然你头上的乌纱帽，就被刮到天边去了……”我不禁窃笑起来，这与我在会议上见到的道貌岸然的他，判若两人。酒浆真是好东西，能去掉假面，还其原形。

细想起来，不独独是他，中国文人自古就有这毛病。被后世誉为诗仙的李白，在奉诏进长安时，不是也留下“仰天大笑出门去”的心灵自白吗，何况天下芸芸众生乎？但中国文学史上，也留下与钻营仕途的文人截然不同的形象。晋时的陶渊明自摘乌纱之后，归隐田园喝自酿的美酒；《儒林外史》中的王冕，婉拒朱元璋让他为官的邀请，当与大自然为伍的山农。古人说得好，人各有志，不可强求。因而人生就像城市的立交桥那般，东、西、南、北、中，各走各的道。

然而，当我们回首历史时，不难发现一个真理：能流传下来的好诗章，多出自落魄文人的笔下。无论是李白还是白居易，抑或是骆宾王、王昌龄、柳宗元、刘禹锡、元稹、韩愈、刘长卿……他们在逆境中的诗作，大都超越了飞黄腾达时，字句中更具有悲悯人生的色泽。

为什么？因为他们从社会中心移位到了社会边缘，更加关注底层人民的艰难了。也许人在边缘，头脑才更加清醒，眼睛里更容不得沙尘。这是我临窗独饮时，脑海中突然迸发出的人生悟语。

张爱玲的“鞋子悲剧”

王文静

早年我读张爱玲，感觉张爱玲和她的文字，就是一朵海上花，字近人远。

中年以后，对文字更有通感，也因为生活，突然就读懂了张爱玲。特别是她中年后的文字，我觉得更如她的生活：灰头土脸，落魄无助。小说中人物的奋力挣扎和寂寞无助，其实就是20世纪60年代初最真实的张爱玲。

1961年，张爱玲在香港做编剧，给丈夫写过6封信，写信时的身份是“赖雅夫人”。其夫赖雅那时已经是美国过气的作家，中风瘫痪后，还得靠张爱玲养活。张爱玲是应宋淇之邀，到香港写剧本，赚取夫妇俩在美国的生活用度。

为了赶写剧本，张爱玲已是急得眼睛出血。可偏偏美国的出版社，还来了份退稿通知。民国才女，人过中年，又无子女，在美国还有一个“老夫”要靠这“少妻”的一支笔“讨生活”。张爱玲一时间经济上极为拮据，被迫接受“最有失尊严的痛苦安排”：向宋淇夫妇借钱过活。

更要命的是，张爱玲提前完成的新剧本，也没达到宋家预期的满意程度。1961 年 2 月 20 日，张爱玲在信的末尾说：“暗夜里在屋顶散步，不知你是否体会我的情况，我觉得全世界没有人我可以求助。”

10 天前，1961 年 2 月 10 日，她还在信里向丈夫赖雅诉苦：“自搭了那班从旧金山起飞的拥挤飞机后，我一直腿肿腿胀。看来我要等到农历年前大减价时才能买得起一双较宽松的鞋子……我现在备受煎熬，每天工作，从早上十时到凌晨一时。”

在我 41 岁那年的冬天，也有过几乎和张爱玲一样的境遇：辞职做主妇，照顾晚生的两个女儿，写出的文章大部分遭遇退稿，物价不停上涨，生活拮据。所以读到张爱玲信中的句子“要等到农历年前大减价时才能买得起一双较宽松的鞋子”时，我一下子失去控制，泪水盈满眼眶。

写《传奇》的大作家张爱玲，居然也会遭遇如此境地。

你心柔软，却有力量

一个人要以无生之觉悟为有生之事业，以悲观之心情过乐观之生活。

张择端的春天之旅

祝勇

金朝官员张著没有经历过那场大雪，但是当他慢慢将手中的那幅长达 5 米的《清明上河图》画卷展开的时候，他的脑海里或许会闪现出那场把历史涂改得面目全非的大雪。《宋史》后来对它的描述是：“大雪，盈三尺不止。”靖康元年（1126 年）闰十一月，浓重的雪幕，裹藏不住金国军团黑色的身影和密集的马蹄声。那时的汴河已经封冻，反射着迷离的光，金军的马蹄踏在上面，发出清脆而整齐的回响。马蹄的节奏里，宋钦宗苍白瘦削的身体正瑟瑟发抖。

这个帝国的天气从未像这一年这么糟糕，暴雪一场接着一场，丝毫没有减弱的迹象，积雪掩埋了许多人的尸体。实在是打不下去了，绝望的宋钦宗自己走到了金军营地，束手就擒。此后，金军冲入汴京内城，在宽阔的廊柱间游走和冲撞，迅速而果断地洗劫了宫殿，大宋帝国一个半世纪积累的府库蓄积，为之一空。

匆忙撤走的金军似乎还不知道，那幅名叫《清明上河图》的长卷，被他们与掠走的图画潦草地捆在一起，它的上面，沾满了血污和泥土。

在他们身后，宋朝人记忆里的汴京已经永远地丢失了。在经历 4 天的烧杀抢劫之后，这座“金翠耀目，罗绮飘香”的香艳之城已经变成了一座废墟，只剩下零星的建筑，垂死挣扎。

在取得军事胜利之后，仍然要摧毁敌国的城市，这种做法，并非仅仅为了泄愤，它不是一种不理智的举动，相反，它非常理智，甚至，它本身就是一场战争，它打击的对象不是人的肉体，而是人的精神和记忆。罗伯特·贝文说：“摧毁一个人身处的环境，对一个人来说可能就意味着从熟悉的环境所唤起的记忆中被流放并迷失方向。”这被称为“强制遗忘”。

暴风雪停止之际，汴京已不再是帝国的首都——它在宋朝的地位，正被临安（杭州）所取代。在北京，金朝人正用从汴京拆卸而来的建筑构件，拼接组装成自己的崭新都城。汴河失去了航运上的意义，黄河带来的泥沙很快淤塞了河道，运河堤防也被毁坏，耕地和房屋蔓延过来，占据了从前的航道，《清明上河图》上那条波澜壮阔的大河，从此在地图上消失了。一座空前繁华的帝国都城，在几年之内就变成了黄土覆盖的荒僻之地。物质意义上的汴京消失了，意味着属于北宋的时代，已经彻底终结。

张择端画下《清明上河图》的第一笔的时候，他并不知道自己为这座光辉的城市留下了最后的遗像。他只是在完成一幅向往已久的画作。那袭白绢恰似一屏银幕，留给张择端，放映一部真正意义上的时代大片——大题材、大场面、大制作。

会有人说他只是一个老实的匠人，而不是一个有智慧的画家。一个真正的画家，不应该是靠规模取胜的，尤其是中国画，讲的是巧，是韵，一钩斜月、一声新雁、一庭秋露，都能牵动一个人内心的敏感。艺术从来都不是靠规模来吓唬人的，但这要看是什么样的规模，如果规模大到了描画一座城市，那性质就变了。就像中国的长城，不过是石头的反复叠加而已，但它从西边的大漠一直铺展到了东边的大海，规模到了令人望而生畏的地步，那就是一部伟大作品了。

“清明”的意思，一般认为是清明时节，也有人解读为政治清明的理想时代。这两种解释的内在关联是：清明时节，是一个与过去发生联系的日子、一个回忆的日子，在这一天，所有人的目光都是反向的，不是向前，而是向后，张择端也不例外，在清明这一天，他看到的不仅仅是日常的景象，也是这座城市的深远背景。

“上河”的意思，就是到汴河上去，跨出深深的庭院，穿过重重的街巷，人们相携相依来到河边。那一天刚好有柔和的天光，映照他眼前的每个事物，光影婆娑，一切仿佛都在风中颤动，包括银杏树稀疏的枝干、彩色招展的店铺旗幌、酒铺荡漾出的“新酒”的芳香、绸衣飘动的纹路，以及弥漫在他的身边的喧嚣的市声……纷乱的街景中，没有人知道他是谁、要做什么，更没有人知道在不久的将来，他们将全部进入他的画中。

这一次，画的主角是以复数的形式出现的。他们的身份，比以前各朝各代的画中人都复杂得多，有担轿的、骑马的、看相的、卖药的、驶船的、拉纤的、饮酒的、吃饭的、打铁的、当差的、取经的、抱孩子的……他们互不相识，但每个人都担负着自己的身世、自己的心境、自己的命运。他们拥挤在共同的空间和时间中，摩肩接踵，熙熙攘攘。于是，这座城就不仅仅是一座物质意义上的城市，而是一座“命运交叉的城堡”。

画中的那条大河，正是对于命运神秘性的生动隐喻。汴河是当年隋炀帝开凿的大运河的一段，连接着黄河与淮河。它虽然是一条人工河流，但它至少可以牵动黄河三分之一的流量。它为九曲黄河系了一个美丽的绳扣，就是汴京城。

在《清明上河图》中，河流占据着中心的位置。汴河在漕运经济上对于汴京城有决定性作用，可以说，没有汴河，就没有汴京的耀眼繁华，就如同没有底格里斯河和幼发拉底河就没有古巴比伦，没有尼罗河就没有古埃及。但这只是张择端把汴河作为构图核心的原因之一。对于张择端来说，这条河更重大的意义，来自它不言而喻的象征性——变幻无形的河水，正是时间和命运的赋形。河流以其强大的象征意义，无可辩驳地占据了《清明上河图》的中心位置，时间和命运，也被张择端强化为这幅图画的最大主题。

河道里的水之流，与街道上的人之流，就这样彼此呼应起来，使水上人与岸边人的命运紧密衔接、咬合和互动。没有人数得清，街市上的人群，有多少是赖水而生；没有人知道，饭铺里的食客、酒馆里的酒客、客栈里的过客，他们的下一站，将在哪里停泊。我们从画中看到的并非一个定格的场景，它是一个流动的过程。

朝代与个人一样，都是一种时间现象，有着各自无法反悔的旅途。甚至连《清明上河图》自身，都不能逃脱命运的神秘性——即使近一千年过去了，这幅画被不同时代的人们仔细端详了千万次，但每一次都会发现与前次看到的不同。总而言之，这是一幅每次观看都有不同感受的图画，每个观赏者对这幅画的描述都是不一样的，研究者更为画上的内容争吵不休。

直到此时我才明白，《清明上河图》并非只是画了一条河，它本身就是一条河，一条我们不可能两次踏入的河流。

这幅画的第一位鉴赏者应该是宋徽宗。当时在京城翰林画院担任皇家画师的张择端把它进献给了皇帝，宋徽宗用他独一无二的瘦金体书法，在画上写下“清明上河图”几个字，并钤了双龙小印。他的举止从容优雅，丝毫没有预感到，无论是他自己，还是这幅画，都将要开始颠沛流离的旅途。

北宋灭亡 60 年后，张著在另一个金朝官员的府邸，看到了这幅《清明上河图》。至于这名官员如何将金军的战利品据为己有，我们不得而知。那个时候，风流倜傥的宋徽宗已经于 51 年前（公元 1135 年），在大金帝国的五国城受尽屈辱而死，伟大的帝国都城汴京也早已一片狼藉。在那个年代出生的北宋遗民们，未曾目睹，也无法想象这座城当年的雍容华贵、端庄大气。但这幅《清明上河图》，却唤醒了一个在金国朝廷做事的汉人对故国的缅怀。尽管它所描绘的地理方位与文献中的故都不是一一对应的，但张著对故都的图景有着一种超常的敏感，就像一个人，一旦暗藏着一段幽隐浓挚而又刻骨铭心的深情，对往事的每个印记，都会怀有一种特殊的知觉。

此后，《清明上河图》变成了一只船，在时光中漂流，直到 1953 年年底入藏北京故宫博物院，它才抵达永久的停泊之地。

至于张择端的结局，没有人知道，他的结局被历史弄丢了。在他把《清明上河图》进献给宋徽宗那一刻，就在命运的急流中隐身了，再也找不到关于他的记载。他就像一颗流星，在历史中昙花一现，继而消逝在无边的夜空。无论多么伟大的作品都是由人创造的，但伟大的作品一经产生，创造它的那个人就显得无比渺小、无足轻重了。时代没收了张择端的画笔——所幸，是在他完成《清明上河图》之后。他的命，在那个时代里，如同风中草芥一样一钱不值。

春风长者

王开林

陈之藩撰文《在春风里》，卒章显志：“并不是我偏爱他，没有人不爱春风的，没有人在春风中不陶醉的。”文中的“春风”特指胡适，这样的春风乃是长者之风。

北大教授温源宁作名人小传，称赞胡适，上课时总记得为衣裳单薄的女生关紧教室的窗户，以免她们着凉。这个细节很细微，却彰显了胡适的绅士风度。

1948 年，胡适将自己珍藏的《红楼梦》甲戌本借给燕大学生周汝昌，他对周汝昌的品行一无所知，借后从未索还。周汝昌与其兄周祜昌录下副本，然后写信告诉胡适，胡适欣然赞同。周汝昌要做更深入的研究，为曹雪芹的原著恢复本来面目，胡适仍鼎力支持，他又将珍藏的《红楼梦》戚蓼生序本借给周汝昌，周汝昌如虎添翼。

1954 年，张爱玲从香港邮寄长篇小说《秧歌》给胡适，不免忐忑。胡适读完后，通篇圈点且题写了扉页，将它寄还给张爱玲。她翻看时，“实在震动，感激得说不出话来”。张爱玲在美国定居之初，颇得胡适照拂。他们都喜欢《海上花》中精彩绝伦的苏白（吴语白话），在文学上多有共鸣。胡适呵护晚辈，从不溺爱，而是慈中有严。女兵作家谢冰莹请胡适题词，胡适的哲语敲击心坎，鼓舞精神：“种种从前都成今我，莫更思量莫更哀。从今后，要怎么收获，先怎么栽。”

胡适爱才，惜才，奖掖晚辈，提携后进，乐意做青年人的朋友，他常用易卜生的名言“最要紧的事情，就是把你自己铸造成器”来激励大家。“平生不解掩人善，到处逢人说项斯”，胡适对许多人都有知遇之恩，他不在意对方的政治立场，只留意他们的才华和学问。如季羡林、杨联陞、沈从文、毛子水、邓广铭、千家驹、罗尔纲……不少才俊经胡适栽培，成为国家栋梁、文化精英。

胡适性情温和，但他的主见很鲜明。叶公超说：“有一时期，我们常常有所争论，但是他从不生气，不讥讽，不流入冷嘲热讽的意态。他似乎天生有一个正面的性格。有话要主动地说，当面说，当面争辩，绝不放暗箭，也不存心计……刻薄是与适之的性格距离最远的东西。他有一种很自然的醇厚，是朋友中不可多得的。”

帮助同行，是胡适的习惯作为。林语堂到哈佛进修，由于官费未及时发放，陷入困境。他打电报回国告急，胡适倾尽私囊汇寄两千美金，助其完成研究。林语堂回国后才知个中情形，自然很感动。

唐德刚称道胡适：“他可以毫不客气地指导人家如何做学问，他有时也疾言厉色地教训人家如何处世为人。但他从无‘程门立雪’那一派的臭道学气味，被他教训一顿，有时受教者还会觉得满室生春，心旷神怡！”

好一个“满室生春”，谁不受用?

春风是爱物的，长者是爱人的，胡适爱人以德。

十二岁少年余序洋患有糖尿病，他读到陈存仁的《津津有味谭》，对名医陆仲安治好胡适糖尿病的故事颇感好奇，便写信去向胡适求证。胡适毫不怠慢，回信说明那个故事纯属谣传，不足取信。在写信和复信这一点上，若论热心程度，胡适与蔡元培难分伯仲。

健谈者多半好客。南宋理学家朱熹喜欢与客人聊天，虽在病中亦不改积习，弟子劝他少见人少讲话，他怒不可遏地说：“你们懒惰，也教我懒惰！”胡适富有人情味，他比朱熹温和，在好客方面，则有过之而无不及。胡适不愿将人拒之门外，他有点儿像东晋名士和大臣王导，身上具备天然的亲和力，应对周旋游刃有余，来者皆喜，满座尽欢，无论对方是谁，居高位者如是，处底层者亦如是。

一辈子和诗词谈恋爱

赵晓兰

叶嘉莹，号迦陵。1924 年出生于北京，1945 年毕业于辅仁大学国文系，1991 年当选为加拿大皇家学会院士，1993 年受邀担任南开大学中华古典文化研究所所长。

叶嘉莹是蜚声中外的学者，且不说诗词创作、理论研究，光是教书育人这一项，教了 70 年书的她，培养出无数人才，如今 90 岁高龄仍站在讲台之上，在传播中国文化方面功不可没。著名红学家冯其庸称赞叶嘉莹讲解诗词“阐说精妙，启发无穷”；学生们说“老师不但写诗是天才，讲诗也是天才”；更有人无限仰慕地说：“她站在那里，就是对古典诗歌最好的注解。”

“新知识、旧道德”的启蒙教育

台湾诗人痖弦形容叶嘉莹“意暖而神寒”，是“空谷幽兰一般的人物”。这种气质的形成，和叶嘉莹从小所受的教育不无关系。她出生在北京的一个大家族，本姓叶赫那拉，祖上是蒙古裔的满族人。叶嘉莹的父母对她采取的是“新知识、旧道德”的家庭教育，虽然准许她去学校读书，但生活上对她约束极严。她被关在四合院里长大，甚少与外界接触。封闭的庭院，在她眼里却是一个自足的小世界，窗前的修竹、阶下的菊花，都成了她即景生情吟咏的对象，也让她自小养成了内向文静、幽微深远的性格。

父亲教叶嘉莹认字读书，开蒙的第一本教材就是《论语》。当她读到“朝闻道，夕死可矣”，幼小的心灵极受震撼：“道”究竟是一种什么样的东西，为了它竟可以舍弃生命？对于圣贤之书，叶嘉莹强调必须真正用心去读，并且贯彻到行动中去。“现在的年轻人只是‘入乎耳，出乎口’，那是不行的，圣贤的语言在你身体里根本没发生任何作用。‘入乎耳，著乎心，布乎四体，形乎动静’，那才是对的。”叶嘉莹对记者说。

圣贤之书让她相信，宇宙之间自有一种属“灵”的东西存在，当人生困厄降临时，便多了应对的力量。读初中二年级时，北京被日本人占领，叶嘉莹整年吃不到白米白面，只能吃一种混合面。“酸酸臭臭的，又干又粗糙的渣滓，老舍《四世同堂》里，祁老先生的曾孙女宁愿饿死也不吃。”但是叶嘉莹没有怨言，拌上最咸的酱吃下去。

1941年，叶嘉莹才17岁，父亲远在后方，失去音讯，母亲忧思成疾去世，身为家中长女，她还要照顾两个年幼的弟弟。幸而当时有伯父伯母的关照，她的学业并没有中断，还如愿考上了辅仁大学。精于古典文学的伯父十分欣赏她的天分，并引导她走上诗词创作、研究的道路。

另一个对她产生一辈子影响的人，是她在辅仁大学的恩师顾随先生。叶嘉莹至今保存着老师当年写给她的信。老师希望叶嘉莹能够青出于蓝而胜于蓝，“别有开发，能自建树”。信是用漂亮的繁体行草书写，叶嘉莹保存至今。读书时，她对顾先生的一字一句都舍不得错过，记下了厚厚的8本听课笔记，在颠沛流离中始终妥善保存。后来，她把笔记都交给了顾随的女儿顾之京，并一起整理成书。这是叶嘉莹认为自己这辈子做的最有价值的事情之一。

风雨逼人一世来

叶嘉莹曾说，她的一生都不是自己的选择，从来都是命运把她推往何处就是何处。“让念书，也就念了。毕业后让教中学，也就教了。一位老师欣赏我，把他弟弟介绍给我，后来也就结了婚。”

刚开始教书时，生活清苦。冬天，叶嘉莹里面穿着大棉袄，外面穿一件布做的长衫。因为骑车，天长日久，衣服的后面磨破了，她就打着个大补丁去上课。“只要我讲课讲得好，学生对我一样尊敬。”她有这种信念，因为她记得《论语》中说过：“士志于道，而耻恶衣恶食者，未足与议也。”“士”之所以与众不同，是因为“无恒产而有恒心”，即便一无所有，内心仍保有高洁的品德和操守。

叶嘉莹的丈夫是国民党海军教官，婚后不久，她就跟着丈夫去了南方，1948年又随国民党撤退到台湾。颠沛流离中，她写下这样的诗句：“转蓬辞故土，离乱断乡根。”个人命运在大时代面前被彻底改写，她从此背井离乡。

1949年年末，他们的大女儿才4个月，台湾的白色恐怖弥漫开来，丈夫因被怀疑是“匪谍”而被抓。不久后，叶嘉莹任教的中学，从校长到老师都被认为有思想问题，全部被审查。叶嘉莹没了工作，只好投奔丈夫的姐姐。夜里，在主人家的走廊上铺个地铺；中午，为了避免孩子打扰主人午休，叶嘉莹不得不出门，在烈日之下抱着女儿在树荫底下徘徊。

3年后丈夫出狱，性情却大变，经常不可理喻地暴怒，妻子成了他首当其冲的发泄对象。本来，生活的重担已把叶嘉莹压得透不过气，丈夫又加重了她的身心负担。她经常噩梦连连，近乎窒息，甚至有过轻生的念头。在绝望中，她只有“把自己一部分的精神感情完全杀死，才有勇气生存下来”。

后来，经师友介绍，叶嘉莹到淡江、辅仁、台大3所大学任教。生下小女儿后，她没能好好休养，身体不堪重负，又染上哮喘，每天下课回家，都会感到胸部隐隐作痛，身体似已被掏空。她想起了王国维《水龙吟》中的句子“开时不与人看，如何一霎蒙蒙坠”，不免自伤。

后来，王安石的一首诗，给了叶嘉莹一抹精神的灵光。她记得诗是这样写的：“风吹瓦堕屋，正打破我头。瓦亦自破碎，匪独我血流。众生造众业，各有一机抽，世莫嗔此瓦，此瓦不自由。”后来她发现，自己的记诵与原诗并不完全相合，但她默默要求自己：不要怨天尤人，对待郁郁不得志的丈夫，也要宽容忍让。而这一忍，就是一辈子。这位情感丰富的女诗人，尽管深谙诗词中的儿女情长，自己却从未真正恋爱过。她的小女儿说，母亲一辈子都在和诗词谈恋爱。

以悲观之心情过乐观之生活

由于出色的教学成就，叶嘉莹的名声散播开来，她获得了台湾大学的教授职位。1966年，叶嘉莹受邀赴美国密歇根大学及哈佛大学讲学，后又接受了加拿大不列颠哥伦比亚大学的聘请，在温哥华定居下来。

在异国他乡用英语授课，叶嘉莹一方面大量阅读西方文论，另一方面，她有自己独特的讲课方法。她对学生说：“诗歌是有生命的，我的英文也许不够好，我的文法、发音或许不够准确，但我讲一首诗，会把我所体会到的其中的生命感情讲出来。”她发自内心的真诚超越了语言和国界，在异国他乡让无数人爱上了中国古典诗词。

在拿到学校的终身聘书后，叶嘉莹以为自此就能安稳度日了，不料却再生变故。1976 年，她的大女儿和女婿遭遇车祸，双双亡故。她强忍着悲痛为女儿女婿料理完后事，把自己关在家里，拒绝接触外面的一切。在这期间，她写下了 10 首《哭女诗》。

诗词不仅帮助叶嘉莹排解悲痛，更给予她走出这种生死劫难的力量。1977 年，她终于有机会回到阔别已久的祖国大陆。在火车上看到有年轻人捧读《唐诗三百首》，她觉得，尽管这个民族历经劫难，但诗歌的灵魂未死。叶嘉莹重新燃起了内心的激情，决心回国。

从 1979 年开始，叶嘉莹每年自费回国，在各地高校讲授诗词。当时“文革”刚结束，传统文化断层严重，学生们内心对于学习古典诗歌有着极大的渴求。很多教授还在用陈旧的阶级分析法解释诗歌，叶嘉莹却讲解诗歌的“兴发感动”，并旁征博引，令学生们激动万分。

课堂上反响热烈，连叶嘉莹自己也完全沉浸其中了。“白昼谈诗夜讲词，诸生与我共成痴。”经原辅仁大学外文系教师李霁野介绍，她来到南开大学，就此与南开结下深深的情缘。到了快退休的年纪，叶嘉莹却用讲学把生命填得满满的，她想起老师顾随先生说过的话：“一个人要以无生之觉悟为有生之事业，以悲观之心情过乐观之生活。”重新焕发的热情，让她抛却了“小我”的狭隘和无常。

诗歌使人心不死

叶嘉莹写过：“书生报国成何计，难忘诗骚李杜魂。”对她来说，“报国”最重要的方式就是教书育人。讲课时，不管学生是初中生还是研究者，她一定尽己所能，把古典诗词的好处讲出来。对她来说，这不仅是对不对得起学生的事，更是“对不对得起杜甫、辛弃疾”的事情。

从20世纪40年代就开始教书，叶嘉莹的好多学生现在都是80多岁的老人了。今年她90岁生日时，有学生打电话给她，说很抱歉，老师的寿辰来不了了，因为已经不能走路了。叶嘉莹用自己澎湃的热情，深深感染了遍布世界各地的学生。台湾作家陈映真曾经回忆：“叶教授能在一整堂课中以珠玑般优美的语言、条理清晰的讲解，使学生在高度审美的语言境界中，忘我地随着她在中国古典诗词巍峨光辉的殿阙中，到处惊叹艺术和文学之美。”

也有学生问过叶嘉莹：“叶先生您讲的诗词很好听，我也很爱听，可这对我们的实际生活有什么帮助呢？”她这样回答：“你听了我的课，当然不能用来评职称，也不会加工资。可是，‘哀莫大于心死，而身死次之’。古典诗词中蓄积了古代伟大诗人的所有智慧、品格、襟抱和修养。诵读古典诗词，可以让你的心灵不死。”

2013年之前，叶嘉莹几乎每年都要在北美和中国之间来回奔波，不过，南开大学已然成为她从事古典诗词研究和推广的重要基地。早在11年前，叶嘉莹就受邀担任南开大学中华古典文化研究所所长。不久前，有热爱中国诗词的友人听说她今后将定居南开，决定捐资，与南开合作为她兴建了一栋集科研、办公、教学、生活于一体的小楼，定名为“迦陵学舍”。

如今，叶嘉莹正在从事一项浩繁的工程。“我教书70年，历年的讲课、讲演的录音，有 2000 小时以上。”她指指家里摞着的一个个行李箱，“这些都是我带回来的历年的讲课录音和录像。”学生们正在帮助她整理成书。她的著作文白相杂，理论性强，而讲课时深入浅出，整理出来更利于向读者普及。

晚年的叶嘉莹将传承古典文化作为自己的责任。在她看来，“人生总有一天会像燃烧的火柴一样化为灰烬，如果让这有限的生命之火为点燃其他木柴而继续燃烧，这火种就会长久地流传下去，所以古人常说‘薪尽火传’。有人曾劝我，年纪慢慢大了，该多写点书，少教些课。这话也有道理，可是当面的传达才更富有感发的生命力。如果到了那么一天，我愿意我的生命结束在讲台上……”

叶嘉莹说人生最大的困难，是找到意义和价值。这难题，她早已解开。

孤独的海子

冯章

海子去世已经25年了，我是应该哀悼的，因为他是我的老朋友。

遗书

我和海子在中国政法大学哲学教研室一起工作了5年。教研室里面靠墙搭了一个硬板的架子床，用一个五合板与教研室隔开一个十几平方米的小屋，由胡老师和我住着。

现在想一想，海子就是在他去山海关前一天的黎明时分，在外边的教研室里创作了他最后的诗篇——他的遗书。当天晚上9点钟左右，我拉开我的抽屉去找烟，结果看到抽屉的左边有几沓白色的复印纸，每沓都折了三折，整整齐齐的，一沓一沓摞放着。一般人对自己的抽屉是熟悉的，有没有什么东西是知道的。多了这些纸我感到有些奇怪，打开一看，第一沓纸上，标题是“遗书”，是写给教研室主任的，我赶快把胡老师喊来，我们一起一封一封打开，有写给学校领导的、写给他爸爸妈妈和弟弟的、写给一禾的等。我们感到问题严重，赶快给教研室领导打电话告知这件事。我们一直担心海子，又觉得他是不会死的。直到第二天中午时分，校长办公室打来电话证实了这一不幸的消息。

孤独

大家说海子把遗书放得整整齐齐，说明当时他头脑非常清楚，不像有人描述的他去山海关前心智混乱。他确实很清楚，他不是因为混乱而离世，他去世最根本的原因是孤独，因为孤独、寂寞，痛心而死的。

海子因为远离父母家乡、缺少亲情而孤寂，他一直想回家乡，而不想留在城里。

家乡有父母兄弟血浓于水的亲情、农家少女纯朴甜美的爱情和自己心仪的职业——乡村教师，还有到处鲜花盛开的醉人美景。

海子也因为缺少爱情或者爱情受到很大的挫折而痛苦。从政法大学的东门出去，穿过一条不太宽的马路，就是小月河，河上有一座桥，过了桥就是我们散步的花园。一个风和日丽的傍晚，我和海子走到桥上时，好像是聊到有人爱读他的诗，他说：“有喜欢我的诗的女孩，但没有给我做饭的女孩。”这句话让我印象很深。他说这话时看似很轻松，实际内心很失落。不过当时我并没有觉察到他的这种失落，因为在我们面前他永远是一张笑脸。这之前有一个政法大学的女学生很爱读海子的诗，海子就几次去宿舍找人家，后来他意识到女孩只是爱他的诗歌，并没有喜欢他这个人。于是，他写了首诗表达自己的痛苦之情。

1987 年暑假，我们政治系组织老师去北戴河度假。当时北戴河人还不多，一天晚上 9 点多，海子和我偷偷摸摸溜出房间（按照规定是不能私自出去的），翻过宾馆带有尖刺的大铁门，来到了海边。夜深人静，万籁俱寂，天空挂着一轮明月，我们背后耸立着三四十米的山岩，面前的海浪有节奏地冲向海边，然后又退了回去。海子说这是他第一次见到大海，我说我也是。我们心情都很放松，欣赏着海浪的他不由自主地吟诵道“宽阔的海浪，像万匹白象奔腾而来”，这一富有想象力的诗句，恐怕读者是第一次读到，因为当时在场的只有我和海子。

海子也爱讲笑话。去北戴河时我们坐在车上，每个人都要讲笑话或者唱歌，以活跃气氛。轮到海子时，他说他不会唱歌，就讲了个笑话：一个农村的书记组织社员学习，念到该页最后一句话“十月革命一声炮”，翻到下一页只有一个字“响”，书记自言自语地说怎么第二页才“响”。海子多次给我们说的一个笑话是：一个诗人认为黄河是母亲河，发誓要去黄河体验生活，创作一首关于黄河的诗歌。一天，他终于来到朝思暮想的黄河边，放眼望去，满眼发黄的流水夹带泥沙，一点儿诗意都没有，诗人很失望，伤心地离开黄河，说了一句：“黄河啊，你真黄！”

他热爱俗人俗世，但又不太谙熟世故。有一次他的妈妈来北京看望他后，他去西直门送妈妈回家。西直门那里是交通枢纽，小商小贩比较多。他告诉我们，有一个商贩卖哈密瓜，不停地吆喝着一块钱一块钱，他以为一个整瓜一块钱，就和妈妈一起吃，一口气吃了 13 块。吃完后他给人家一块钱，那人说一块瓜一块钱，结果他只好付了 13 块钱。现在看来 13 块钱不贵，可在上世纪 80 年代，这些钱是他工资的 1/4 多，但是他描述这件事时，好像是在说别人，似乎并不太在意。在现实生活中，海子是一个比较大度的人，但他内心还是很敏感的，比我们普通人要敏感得多。

然而最重要的是海子精神的孤独、心灵的孤独，他的诗歌很少为圈内诗人所理解或者认可，这是他最大的孤独，天才的孤独。

书事

读书、买书、写书（诗歌）、借书、教书、还书，即我说的“书事”，海子和我们在一起主要是和书有关的一些事。

大约20年前，我就购买了人民文学出版社出版的《海子的诗》，一直放在我的书房，与我朝夕相伴。我时不时翻翻看看，封面上的他对着我微笑，就像他活着的时候一样，使我觉着他并没有死。

海子教书也是很浪漫的。不像我们上课前一定要写讲义，海子从来没有讲稿，但是在课堂上侃侃而谈，颇受学生欢迎，因为他教的美学课和他的诗歌密切相关。我在他的书架上好像也看见过几本美学的教材，比如《美学概论》等。

海子非常热爱读书，甚至可以说是着魔。有一天我去他的房间，看到他的书架上可能有上千册书。他说昨天读了一晚上歌德的《浮士德》，那本书有好几百页，估计他读了很多遍，有时只是浏览。

海子读诗是在深夜，写诗也是在夜色中进行的。他的诗歌几乎每一首都有“黑夜”“黑色”“黑暗”“夜色”等词语。他曾经对我们说，他写诗前要喝一点点白酒，大多数是北京二锅头，不能像朋友聚会时喝得那样多。这时窗外寂静无声，无人无物；室内海子自己在微醉状态中忘掉自己，真是庄子所说的“物我两忘”。这个状态就是他写作的状态，孤独、寂静、无我、无声，天马行空、笔走龙蛇，这就是海子写诗的状态。

叶赛宁、马雅可夫斯基等伟大的诗人几乎都是在孤独中创作了伟大的诗篇，也在孤寂中结束了自己的生命，但是他们的诗句则永垂不朽，至今活在人们的心中。海子喜欢、热爱、崇拜这些伟大的诗人，学习并试图超越他们，在对待有形的肉体上也想模仿他们。

海子创作了叶赛宁组诗，一共有 5 首，概括了叶赛宁的一生。海子与叶赛宁有诸多相似之处，出生在乡村，自称为乡村诗人，和父母相处时间不长，内心敏感，爱情曲折，诗风相近。甚至海子也写了绝命诗——现在多数人认为是海子去世前 3 个多月创作的《面向大海，春暖花开》，这种说法也能成立，但是我更倾向于他在离世前 12 天，即 1989 年 3 月 14 日凌晨三四点创作的《春天，十个海子》：

春天，十个海子全都复活
在光明的景色中
嘲笑这一野蛮而悲伤的海子
你这么长久地沉睡到底是为了什么？
……
在春天，野蛮而复仇的海子
就剩这一个，最后一个
这是黑夜的儿子，沉浸于冬天，倾心死亡
不能自拔，热爱着空虚而寒冷的乡村
……

这应该是海子对其短暂辉煌一生的真实、生动、准确的写照。今天，将来，直至永远，十个海子全部复活。

那些造就天才的疾病

夏志

前阵子有条新闻，美国有个名叫贾森·帕吉特的中年男子出了本书，说自己 12 年前遇袭，脑后挨了一闷棍，醒来后变成了数学达人，满眼都是数学公式，洗澡的水流在他眼里都变成了线。功能性磁共振成像技术扫描结果显示，帕吉特的左脑非常活跃。那一闷棍似乎改变了他的脑部结构，使他变成了数学天才。

医学界将帕吉特的这个症状称为后天性学者症候群，有专家认为，这是大脑的代偿性机制在运作——当右脑受损后，左脑负责弥补右脑失去的功能，从而激发了大脑的潜能。据悉，截至 2014 年，全世界约有 40 名后天性学者症候群患者。

有人说，上帝给你关上了一扇门，就会为你打开一扇窗。同理，他让你成为一名天才，或许会拿走你的一些什么，比如健康，或是让你拥有许多怪癖。拿帕吉特来说，他称自己在被袭后变成内向宅男，不爱见人，还用毯子盖住窗户，有洁癖，洗手时经常搓到双手发红。

同样能造就天才的还有艾斯伯格综合征、自闭症、威廉斯氏综合征、马凡氏综合征等，上帝拿来与之交换的条件各不相同。

说起艾斯伯格综合征，这是一种精神上孤僻的状态，被定义为“没有智能障碍的自闭症”，由奥地利精神病专家汉斯·艾斯伯格于1944年首次发现。据悉，爱因斯坦、牛顿、凡·高、莫扎特都是这一病症的疑似患者。

艾斯伯格综合征患者专注于特定的事物，同时存在社交和沟通上的障碍，但智力与常人一样或高于平均水平。他们无法理解常人言语字面意思以外的表达形式，比如表情、目光等，且自我情绪控制能力较差。艾斯伯格综合征的致病原因可能有许多，如遗传基因、生物化学污染、滤过性病毒、妊娠期和分娩时出现的一些问题等，患病概率为0.7%。

提起自闭症，又是另一个概念了。它与艾斯伯格综合征有点儿相似，但并不等同。有人说，自闭症患者是活在自己的世界里，而艾斯伯格综合征患者则是努力让自己的小世界能够与外面的大世界融合。

自闭症是一种因神经系统失调影响到大脑功能而导致的终身发展障碍，症状在3岁前出现，患者有社交和沟通障碍，喜欢做重复单调的动作。其发病原因为遗传基因、脑部疾病或创伤及其他生理原因。有些自闭症患者具有某方面的天赋，比如音乐、数学。电影《雨人》中的“白痴天才”雷蒙就是自闭症患者。

一项发表在《美国医学会杂志》上的研究称，遗传因素与环境因素共同作用，导致了自闭症的形成。大体说来，其成因中，遗传因素仅占一半，而各种环境因素，如新生儿时期的并发症、个人社会经济地位、父母的健康状况以及生活方式等，则同样起到了很大的作用，也占到了一半。

还有一个威廉斯氏综合征。它盛产音乐天才，是一种先天性疾病，由基因排列失常造成。这种患者的发病率约为两万分之一，虽说是由于出生时体内的 7 号染色体少了 20 个基因所致，但较少源自遗传。威廉斯氏综合征患者多半有学习障碍，却是“社交达人”，独处反而会不安。他们似乎天生就有音乐细胞。

最后一个我所能想到的天才病症，就数马凡氏综合征了。它是一种常染色体显性遗传疾病，马凡氏综合征的患者有手指和脚趾较长，手臂平伸时长过身高等特征，估计中国每 10 万人中有 17 人会患此病。患者最大的生命威胁来自血管病变，如治疗不及时，寿命将止于 30 岁左右。从病症上来看，双手过膝的刘备、小手指特长的著名意大利小提琴家帕格尼尼、美国女排著名主攻手海曼、美国游泳健将菲尔普斯都疑似患有此病。

天才的诞生总伴随着遗憾，而且这些病症目前是较难治愈的。尽管如此，也有不少人对其灿烂人生心生羡慕。其实普通人也能拥有闪耀的人生，如果你对某个事物很感兴趣，不妨疯狂地投入尝试，忘我地努力付出，定会有所收获。

“老头儿”三杂

汪朗

我们家“老头儿”虽然被人戴上了“最后一个士大夫”“学者文学的代表”之类的帽子，杂七杂八的东西也知道一些，但是很不成体系，有杂而无学。

老头儿之杂，起码有三，看杂书，写杂文，吃杂食。

父亲看杂书的习惯，早在上大学时就有了。他在聊天时说过，当时西南联大中文系开的课，他是喜欢的上，不喜欢的就不怎么上。像闻一多先生、沈从文先生的课，他是听得很认真的。朱自清先生的课，有时就溜号，因为觉得朱先生上课一板一眼的，不太适应。他大学肄业后，生计无着，中文系主任罗常培先生推荐他给朱先生当助教，朱先生不干，说：“这个汪曾祺连我的课都不认真听，怎么给我当助教。”这下他可傻了眼。

不过，父亲白天上课虽然有时溜号，晚上却没闲着，总泡在中文系的资料室看书，有时一直看到天亮，然后回宿舍睡觉，接着逃课。我问他都看什么书，他说："没准儿，就是瞎翻，看到有意思的就读下去。有一次看到一本《饮膳正要》，里面有一道驴皮汤，翻完之后还琢磨，这东西能好吃吗？结论是，不好吃。"《饮膳正要》是元代饮膳太医忽思慧撰写的营养学专著。

老头儿虽然是搞文学创作的，但是家里像样的文学书却很少。"文革"之前，我们家里的书满打满算不到一书柜。别说什么孤本善本，就是人们熟知的中外名著、大师文集，都和他嘴里的牙一样，残缺不全。他曾说过，对他创作影响最大的中国作家是鲁迅、沈从文和废名，外国作家是契诃夫和阿索林。可是家里的《鲁迅全集》只有第一卷，沈从文的书只有 1957 年出版的一本小说选集，废名的作品集则一本没有。

家里虽然没有什么像样的书，但老头儿书却读了不少。他在剧团的同事说，团里资料室的书都让他翻遍了。他在剧团宿舍的床头有一个凳子，上面摞满了书，睡前总要翻翻。他在 1972 年底给大学同学朱德熙写信说："今天我还为剧团买了一套吴其濬的《植物名实图考》及其长编。那里的说明都是一段可读的散文。你说过'中国人从来最会写文章'，怎么现在这么不行了？对于文章，我寄希望于科学家，不寄希望于文学家。因为文学家大都不学无术。"老头儿重入文坛后，很快就恢复了以往的语言风格，写出了不少有影响的作品，与他看杂书的爱好是分不开的。

老头儿书看得杂，懂得的东西也多，文章内容自然也杂。

他不是书法家，但是谈过对书法作品的印象。他不是专业画家，也写过关于中国画的文章。

他还写过一本《释迦牟尼传》，里面有大段大段韵文，据他说是参照佛教经典风格写的。父亲去世后，他的小同乡王干对我说，老头儿以前应该读过佛经，因为他的文章中涉及佛教的用语都十分精确。这些我们确实不清楚，因为只见他写过《受戒》，却从来没见他读过一部佛经。

老头儿的文章中，有许多是写吃喝的，他还编过一本《知味集》，收录了几十个文人谈吃的文章。他和我说过，这本书只有王世襄先生和李一氓先生的文章最好，一是真懂吃，二是会写。王先生一生坎坷，但对于生活始终持乐观态度。李一氓是老革命，又是文人，他在文章中写了不少当年在缺吃少喝的情况下如何改善伙食的故事，让人知道革命者其实也很懂生活。老头儿很赞同他们的人生态度，无论环境怎样，都不忘品味生活。这其实也是他的风格。

看杂书、写杂文之外，老头儿还喜欢吃杂食，自称是个杂食动物。他生在高邮，在昆明、上海、北京住过，还跑了不少地方，对各地的吃食都很有兴趣，都想品尝一番，特别是那些稀奇古怪的东西。他去内蒙古，专门要试着生吃羊肉。

有一年他和一帮作家到广西桂林，放着宾馆的大菜不享用，非和贾平凹到街头吃小饭馆，最后相中了老友面，好像就是酸笋肉丝面。以后两人一走进小馆子，贾平凹就高叫一声："两碗老友面！"老头儿对贾平凹印象不错，除了觉得他有才外，还因为两人曾经是"面友"。

老头儿也会做上几样拿手菜，在朋友中间有点儿名气。

一个是煮干丝。这本来是扬州的名菜，但他进行了改良。一次他受作协之托在家中招待聂华苓，做了一道煮干丝，结果客人把碗里的最后一点儿汤汁都喝得干干净净，让他很是得意。还有一次，朱德熙来家里吃饭，一大碗煮干丝还剩一小半，他就对夫人何孔敬说："你不吃了吧！"随即把碗抱过来，吃了个底儿朝天。朱伯伯平时很谦和，对夫人也很好，但真碰上合口的东西就不管不顾了。真有意思。

老头儿的"三杂"对他的文学创作多有裨益。

老头儿多年的朋友黄裳先生写过一篇《也说汪曾祺》，追忆了两人的交往故事，还对他的一些作品进行了评价，都十分精到。真的是懂老头儿。“才子文章”这等评价，也就是黄裳说得出来，因为他看清了里面的道道。

如今，老头儿和黄裳都已离去。如果真有另一个世界，他们该有许多闲聊的话题吧。

老头儿和王世襄先生也属于“杂交”。两人都喜欢写些关于饮食的文章，都能做两道菜，彼此又都认可，一来二去就有了联系。他曾经写过一篇《食道旧寻》，里面谈到王先生：“学人中真正精于烹调的，据我所知，当推北京王世襄。世襄以此为一乐。有时朋友请他上家里做几个菜，主料、配料、酱油、黄酒……都是自己带去。据说过去连圆桌面都是自己用自行车驮去的。听黄永玉说，有一次几个朋友在一家会餐，规定每人备料去表演一个菜。王世襄来了，提了一捆葱。他做了一个菜：焖葱。结果把所有的菜全压下去了。此事不知是否可靠。如不可靠，当由黄永玉负责！”

王先生接着写了一篇《答汪曾祺先生》，对老头儿文章中的一些“不实之词”进行了澄清，说自己去朋友家做饭，自带食材、调料是有的，因为一般货色不尽合用，但连圆桌面都用自行车驮去则是没影儿的事。有意思的是，王先生在文中先说自己才疏学浅，怎敢厕身于学人之林，后面又说自己做的菜既不能称作“学人菜”，“名士菜”就越发地不敢。他老先生真是谦逊得可以，都是人们公认的多少行当的权威了，居然连“学人”的帽子都嫌大，不愿戴。

老头儿住在蒲黄榆时，有个周末的上午，王先生突然打来电话问地址，说是要过来一下。进门之后，他打开手里拎的一个布袋子，跟老头儿说：“刚才在红桥市场买菜，看到茄子挺好，多买了几个，骑车送过来，尝个鲜。”

那是个大夏天，王先生上身一件和尚领背心，下面一条短裤，光脚穿了双凉鞋，和胡同里的老大爷没什么两样。两人没说几句话，王先生就起身走了。蒲黄榆在红桥市场南边，王先生家在北边，为了送这几个茄子，他老先生一来一去得多骑半个多小时。那年他好像已经 78 岁了。

那一辈文人的交往，就是这么简单纯粹。

冬烘加火腿

史飞翔

国学大师王国维学问精湛，却矮个儿，龅牙，微须，面色微黄，皮肤凸凹不平，死鱼状的眼睛，塌塌的鼻子上架着一副玳瑁眼镜。穿着更是邋遢，一年四季穿着不合时宜的粗旧衣服：藏青夹袍、紫缎背心，瓜皮帽下扎着一条猪尾巴一样的小辫。性喜沉默，声音暗哑，且口吃得厉害。语言大师王力曾这样描述王国维：“留着辫子，戴着白色棉布瓜皮小帽，穿长袍，勒一条粗布腰带，一个典型的冬烘先生的模样。”鲁迅先生亦曰：“要谈国学，王国维才算一个研究国学的人物。”同时，他又恨铁不成钢地说，“老实得像火腿一样。”

然而，就是这样一位“冬烘先生”，在短短的二十余年时间里，先后在哲学、史学、美学、文学、伦理学、文字学、考古学、心理学、词学、曲学、红学、金石学等多个学科领域取得了一流的成就，一举奠定了中国学术的基石，成为中国乃至东亚顶级的学术大师。他生性忧郁、羸弱多病，少时即沉湎书海。早年留学日本时，他一天到晚都在看书、写东西，他的屋子里除了书，什么也没有。

王国维从不主动与人接触，偶有应酬，便实属难得。有一年，清华教职工在工字厅聚餐。一位作家夹了一块海参，刚要入口，忽听得邻座有人喊："看，王国维！"举目望去，只见校长曹云祥对面坐一老头儿，清瘦而微须，红顶小帽，青马褂，那小辫子和玄色扎腰最是引人注目。他谦恭而拘谨地呆坐无语，满室的人都在喧闹笑谈，唯有他是安静的、沉默的。除偶尔动一下筷子外，他什么也不理会。校长不断地向他问话，他只是微笑、点头，并不作答。

王国维常年隐于故纸堆中，一头扎进学问，全然不知外界。他家孩子多，有几个年幼不懂事的常追着他嬉戏打闹，从后院追到前院，再从前院追到后院，一直追到书房，从书房这角追到那角，最后缠倒在他膝下，可是王国维拿着一本书，绕着屋子退避，眼睛始终不离书。许久之后，家人回来，将顽童支走，他才得以坐下安心读书。

王国维不谙俗务，平日里只做学问，不问家务。他身上从来不带钱，薪水也是由家人代领。他写得一手好字，不断有人登门求字，他却懒得动笔。王国维性格内敛、心境枯寂，但偶尔也会露一下棱角，说一句："我的研究成果是无可争议的。"

老舍先生

汪曾祺

北京东城丰富胡同有一座小院。走进这座小院，就觉得特别安静，异常豁亮。这院子似乎经常布满阳光。院里有两棵不大的柿子树（现在大概已经很大了），到处是花，这些花都是老舍先生和他夫人胡絜青亲自侍弄的。天气晴和，他们把这些花一盆一盆抬到院子里，一身热汗。刮风下雨，又一盆一盆抬进屋，又是一身热汗。老舍先生曾说："花在人养。"老舍先生爱花，真是到了爱花成性的地步，不是可有可无的了。汤显祖曾说他的词曲"俊得江山助"，老舍先生的文章也可以说是"俊得花枝助"。叶浅予曾用白描手法为老舍先生画像，四面都是花，老舍先生坐在百花丛中的藤椅上，微仰着头，意态悠远。这张画不是写实，意思恰好。

客人被让进了北屋当中的客厅，老舍先生就从西边的一间屋子走出来。这是老舍先生的书房兼卧室，里面陈设很简单，一桌、一椅、一榻。老舍先生腰不好，习惯睡硬床。老舍先生是文雅的、彬彬有礼的，他与人握手时动作很轻，但是很亲切。茶已经沏出色了，老舍先生执壶为客人倒茶。据我的印象，老舍先生总是自己给客人倒茶的。

有时候，老舍先生正在工作，请客人稍候，你也不会觉得闷得慌。你可以看看花。如果是夏天，就可以闻到一阵一阵香白杏的甜香味儿。一大盘香白杏放在条案上，那是专门为了闻香而摆设的。你还可以站起来看看西壁上挂的画。

老舍先生藏画甚富，大都是精品。所藏齐白石的画可谓“绝品”。壁上所挂的画是时常更换的。挂的时间较久的，是白石老人应老舍点题而画的四幅屏。其中一幅是很多人在文章里提到过的“蛙声十里出山泉”。“蛙声”如何画？白石老人只画了一脉活泼的流泉，两旁是乌黑的石崖，画的下端画了几只摆尾的蝌蚪。画刚刚裱起来时，我上老舍先生家去，老舍先生对白石老人的构想赞叹不止。

老舍先生极其敬重齐白石，谈起来总是充满感情。我所知道的一点儿白石老人的逸事，大都是从老舍先生那里听来的。老舍先生谈这四幅屏里原来点的题有一句是苏曼殊的诗（是哪一句我忘记了），要求画卷心的芭蕉。白石老人踌躇了很久，还是没有应命，因为他想不起芭蕉的心是左旋还是右旋的了，不能胡画。老舍先生说：“老人是认真的。”白石老人家里人口很多，每天煮饭的米都是老人亲自量，用一个香烟罐头。“一下、两下、三下……行了！”——“再添一点儿，再添一点儿！”——“吃那么多呀！”有人曾提出把老人接出来住，这么大岁数了，不要再操心这样的家庭琐事了。老舍先生知道了，给拦了，说：“别！他这么着惯了。不叫他干这些，他就活不成了。”老舍先生的意见表现了他对人的理解，对一个人生活习惯的尊重，同时也表现了对白石老人真正的关怀。

每年，老舍先生要把北京市文联的同人约到家里聚两次。一次是菊花开的时候，赏菊；一次是他的生日，我记得是腊月二十三。酒菜丰盛而有特点。酒是“敞开供应”，汾酒、竹叶青、伏特加，愿意喝什么就喝什么，能喝多少喝多少。有一次，他很郑重地拿出一瓶葡萄酒，说是毛主席送来的，让大家都喝一点儿。菜是老舍先生亲自掂配的。老舍先生有意叫大家尝尝地道的北京风味。我记得有一次有一瓷钵芝麻酱炖黄花鱼。这道菜我之前从未吃过，以后也再没有吃过。老舍家的芥末墩是我吃过的最好的芥末墩！有一年，他特意订了两大盒“盒子菜”，直径三尺许的朱红扁圆漆盒，里面分开若干格，装的不过是火腿、腊鸭、小肚、口条之类的切片，但都很精致。熬白菜端上来了，老舍先生举起筷子：“来来来！这才是真正的好东西！”

老舍先生对文联的干部很了解，也很爱护。当时北京市文联的干部不多，老舍先生对每个人都相当清楚。他不看干部的档案，也从不找人“个别谈话”，只是从平常的谈吐中就了解一个人的水平和才气，比看档案要准确得多。老舍先生爱才，对有才华的青年，常常在各种场合称道，“平生不解藏人善，到处逢人说项斯”。而且所用的语言在有些人听起来是有点儿过甚其词、不留余地的。老舍先生不是那种惯说模棱两可、温吞水一样的官话的人。我在市文联几年，始终感到领导我们的是一位作家。他和我们的关系是前辈与后辈的关系，不是上下级关系。老舍先生这样“作家领导”的作风在市文联留下很好的影响，大家都平等相处，开诚布公，说话很少有顾虑，都有点儿书生气、书卷气。他的这种领导风格，正是我们今天很多文化单位的领导所缺少的。

老舍先生是北京市文联的主席，自然也要处理一些“公务”，看文件、开会、做报告（也是由别人起草的）……但是作为一个北京市文化工作的负责人，他常常想一些别人没有去想或想不到的问题。

北京过去有一些盲艺人，他们沿街卖艺，有时还兼带算命，生活很苦。他们的“玩意儿”和睁眼的艺人不全一样。老舍先生和一些盲艺人熟识，提议把这些盲艺人组织起来，使他们的生活有出路，别让他们的“玩意儿”绝了。为了引起各方面的重视，他把盲艺人请到市文联演出了一次。老舍先生亲自主持，做了介绍，还特烦两位老艺人翟少平、王秀卿唱了一段《当皮箱》。这是一个喜剧性的牌子曲，里面有一个人物是当铺的掌柜，说山西话。有一个牌子叫“鹦哥调”，句尾的和声用喉舌做出有点儿像母猪拱食的声音，很特别，很逗。这个段子和这个牌子，是睁眼艺人没有的。老舍先生那天显得很兴奋。

北京有一座智化寺，寺里的和尚做法事和别的庙里的不一样，演奏音乐。他们演奏的乐调不同凡响，很古。所用乐谱别人不能识，记谱的符号是一些奇奇怪怪的笔道。乐器倒也和现在常见的差不多，但主要的乐器却是管。据说这是唐代的“燕乐”。中华人民共和国成立后，寺里的和尚多半已经各谋生计了，但还能集拢在一起。老舍先生把他们请来，演奏了一次。音乐界的同志对这活着的古乐都很感兴趣。老舍先生也感到很兴奋。

老舍先生是历届北京市人民代表。当人民代表就要替人民说话。以前人民代表大会的文件汇编是把代表提案都印出来的。有一年老舍先生的提案是：希望政府解决芝麻酱的供应问题。那一年北京芝麻酱缺货。

老舍先生说：“北京人夏天离不开芝麻酱！”不久，北京的油盐店里有芝麻酱卖了，北京人又吃上了香喷喷的麻酱面。

1954 年，我调离北京市文联，以后就很少上老舍先生家里去了。听说他有时还提到我。

大雅宝胡同甲二号

黄永玉

第一次拜见白石老人是可染先生带我去的。

老人见到生客，照例亲自开了柜门的锁，取出两碟待客的点心：一碟月饼，一碟带壳的花生。路上，可染已关照过我，老人将有两碟这样的东西端出来。月饼剩下四分之三，花生是浅浅的一碟。“都是坏了的，吃不得！”寒暄就座之后，我远远注视着这久已闻名的点心，发现剖开的月饼内有细微的小东西在活动，剥开的花生壳里也隐约见到闪动着的蛛网。这是老人的规矩，礼数上的过程，倒并不希望冒失的客人真正动起手来。天晓得那四分之一块的月饼，是哪年哪月让馋嘴的冒失客人干掉的！

可染先生介绍了我，特别说明我是老人的同乡。“啊！熊凤凰熊希龄你见过了？”老人问。

“我没能见到。家祖是他的亲戚，帮他在北京和芷江管过一些事，家父年轻时候在北京熊家住过一段时间。”

“见过毛夫人？”

“没有。”

“嗯。去过湘潭？”

“真抱歉，我离开家乡时年纪很小，湖南本省走的地方反而很少！”

“歉么子？我也没有去过凤凰县城！”

大家笑起来，老人也微微翘了翘嘴，自得这小小的“反扣”。

然后我们就吃螃蟹。螃蟹是可染先生提醒我去西单小菜市场买的。两大串，四十来个。老人显然很高兴，叫阿姨提去蒸了。阿姨出房门不久又提了螃蟹回来，“你数！”对老人说，“是四十四只啊！”老人“嗯”了一声，表示认可。阿姨转身之后嘀嘀咕咕：“到时说我吃了他的……”

老人一生，点点积累都是自己辛苦换来，及老发现占便宜的人环绕周围时，不免产生一种设防情绪来保护自己。

人谓之“小气”。自己画的画不肯送人是小气，那么随便向人索画就是大方吗？不送一个人画是小气，不送一千一万人画也是小气吗？为这帮占小便宜的人鞠躬尽瘁、死而后已就是大方吗？

随便向人要画的中国传统恶习已蔓延成为灾难。多少画家对这种陋习的抗拒，几乎前仆后继，是一种壮烈行为。

可染先生还提到老人学问的精博、记忆力之牢实。北京荣宝斋请齐老写“发展民族传统”六个大字横幅。老人想了几天，还问可染“天发神谶碑”拓片哪里可找，说上头那个“发”字应该弄来看看。他不久就看到了那个拓本，六个大字被书就后挂在荣宝斋当年老屋的过厅门额上。字是随意体，写得雄厚滋润之极，看得出其中的“发”字受到“天发神谶碑”中“发”字的鼓舞，乘搭过气势，倒看不出其中任何一笔的模拟。这是齐白石之所以为齐白石的地方。

可染先生对齐白石不仅尽精神上的弟子之礼，每月由中央美院发出的名誉教授的薪俸也由可染先生代领，并亲自送去白石老人手中。冬天来了，白石老人的家里人就会打电话来问：“学院为什么还不送煤来？”

送薪俸到西城，有时可染带着小女儿李珠或小儿子李庚去，老人总要取一张小票子给孩子作为“糖果钱”。入情入理，充满温暖好意。

跟可染先生找齐老大约三次：一次吃螃蟹，一次在他的女弟子家画像、拍照，一次是把刻好的木刻像送去请齐老题字。我记得可染先生说过，唯一一张他与齐老的合照，是我拍的：同时我跟齐老合照的一张当然是可染拍的了。我记得给过他一张，底片可能还在我家哪个抽屉里，得找找看。

一次除夕晚会，中央美院大礼堂有演出，李苦禅在京剧《黄鹤楼》中扮赵子龙。扎全套的靠，白盔白甲，神采飞扬。工作人员为白石老人安排了一张大软沙发，在第一排座位的中间。男女学生簇拥着他一起看这场由他弟子挑大梁的演出。近一千人的礼堂坐得满满的。锣鼓响处，赵子龙出场，几圈场子过后亮相，高粉底靴加上全身扎的重靠，已经累得汗流浃背、七上八下，于是报名时的“啊！常山赵子龙”就累成：“啊！啊！常，常，常，常……”齐老头笑得前仰后合，学生们、教职员工和家属孩子们登时也跟着大笑起来。回到二号已经半夜十一时多，一路上我们几家人笑个不停，可染还学着苦禅拉开架子亮相，“啊！啊！啊！常……常……”苦禅也一路又笑又解释：“太……太累了！原先没想到那么吃力，到‘报名’时弄得那副德行！幸好，幸好没搞那出《武松打虎》，那是场独角戏。要真搞，可有我的好看！”

几年之后，大家在一起时讲到这件事又大笑一场。那时真甜美，大家都那么年轻，全院子里只有很少的老人。

愿你与这世界温暖相拥

但愿你记得，在你痛哭失声的时刻，
曾有人以肩窝盛满你的泪。

外婆的葬礼

安妮宝贝

外婆在病榻缠绵，已有数年。先是觉得腿疼，然后检查出了肺癌。再往后，腿骨疼痛，就无法下地走路了。只能整日躺在床上，每天吃昂贵的进口药，度日如年。幸好两个舅舅经济条件宽裕，就这样拖延了数年。但她依旧每况愈下。

年轻时，她和外公住在农村，生养五个子女，两个人都身强力壮。外婆起早落夜，整日劳作，照顾孩子、饲养家畜、料理饮食、洗衣打扫，精力过人。后来两个舅舅有出息，把他们带到城市。城市里，没有熟人可以聊天，空气不好，食物不新鲜，活动有限。生活相当无聊，基本上以看电视打发时间。身体和精神状态其实一直在衰落。

我偶尔回去，每次见到他们，家里的电视机一天到晚都开着。有时想想，人老了，有些自己的爱好或者朋友也是十分重要的。读书，写字，听音乐，也许需要文化素养；但至少还可以做点心，种些花草蔬果，听听戏曲，有三五知己……但他们成了闭塞的老人，又与大自然和原有的生活源头切断了联系。

作为基督徒数十年，外婆已改掉很多年轻时候的脾气，时时捐钱给教堂和他人，读《圣经》。信仰给了她很多力量，所以她依然能平静。有时也看美国牧师布道的DVD，《圣经》一直放在枕头边。有时她也抱怨，比如家里请的保姆会懒惰、偷吃东西或者不关心她，孩子们回来看望太少，诸如此类。曾经一个聪明伶俐的女子，讲话幽默，头脑灵活，从本性上来讲，也是快乐和坚强的，但是被病痛折磨太长时间，让她完全无法自主。只是煎熬，等着油灯燃尽。

我最后一次见到她，她躺在床上看重播的《还珠格格》。电视发出的声音吵闹，她乐在其中，不知道是真的在看，还是想在其中躲避。声音一直没有被拧小，所以我们无法进行有效的对话。潦草的生活过习惯了，生活中便没有出现太多值得认真对待的可能。别人对待自己，以及自己对待自己，都是一样的无奈和无助。我在旁边默默地看了她一会儿，摸出一串红色玛瑙珠子给她。我说，你戴在手腕上，有时可以抚摸一下它。

这串珠子非常温润、剔透，她很喜欢，后来一直戴着。童年时我记得她的梳妆匣子，在她去集市或见客前，会搬出来打开，里面有鹅蛋形的粉盒与胭脂。她通常只穿大襟布衫，头发齐肩，斜着别一枚发夹。发夹经常变化。她爱美，也欣赏美。如今病困，心情全无，但我想美的物品还是能够带给她抚慰。珠串戴到手腕上，她的脸上浮现出一丝笑容。那一天，她状态并不好。但是我很快就要离开了，并且第二天就回北京去了。

过了数月，母亲给我打电话，说外婆去世了，要我回去参加葬礼。她之前已经被送进医院住院治疗，慢慢呼吸开始困难，要终日靠氧气罩呼吸。

有时整夜辗转，无法入睡，身上疼痛难忍。那一天医生检查之后，说她应该是差不多了。大家慌慌张张，想把她送回村庄去。架上推车，进电梯，在那时她应该没有呼吸了。一路颠簸着，奔忙，到了村庄。外婆就这样彻底去了。

舅舅们把葬礼安排得很盛大。来吊唁的人川流不息，每天吃饭，轮流上最好的海鲜和各种昂贵食物，好烟好酒，源源不断。一时让人产生错觉。临火化前夜，来了个唱诗班和几位牧师，主持了一次基督徒的追悼会。这时感觉好一些，仿佛只有这个环节产生了作用，世间的其他一切总显得庸俗和不相干。

火化那天，殡仪馆里锣鼓喧天，时时爆发出各种刺耳的乐器声，突兀而来的爆竹声此起彼伏。中国人做什么事情仿佛都喜欢热闹，恨不能人尽皆知。其实，死去是多么静默而神圣的一件事情，但旁观的人全不知晓。我在铁门外，看着她的尸体被推进去，被放在传输带上，然后他们按动电钮，慢慢送进火化炉。立时，封闭的炉子里传出隆隆的声音。等火化炉再打开，她的肉身已变成白骨。他们大概特意想让她留下一些骨头，而不是烧成碎末。所以，她的头骨、腿骨，都还完整。一个工作人员把骨头捡起来，再用一个吸尘器一样的工具，把骨灰集中吸入。她被装入骨灰盒里面了。墓地是很多年前就已经定好的。在田野里，老人们做最后的环节，开棺，封棺，把墓穴重新封上。因为她是基督徒，所以这个环节没有任何正式仪式，过程极为简易。人们把花圈堆积在附近，终于纷纷走散，仿佛一场戏剧落了幕。我留到最后才走，独自拍了几张山野的照片。

这个地方是我童年时度过长久时间的村庄，如今遍地垃圾、田地荒芜、溪水干涸，满目破败。以前的山清水秀、天地和睦，一去不复返。时代和社会的变化也好、无常也好，抱怨跟缅怀一样充满虚弱，也无济于事。

在我们活着的时候，依稀觉得自己无所不知、无所不能。但某一天，无常便会突然给我们一个结果、一个显示，让我们无奈、绝望、惊愕、悲伤，然后又逐渐麻木直至忘却。美好的东西会失去，生命会有疾病和意外，人会死亡。世间脆危，没有坚固。

外婆火化之前的那个夜晚，我悲从心来。记忆中仿佛回到少年时候的暑假。溪水潺潺流动，清澈充沛。我仍是孩童，午后睡不着，晒着大日头，来到溪水中，脱了鞋子在小溪里走。翠鸟轻轻飞走，繁茂的野草和花朵在风中微微摇曳。田地里都是成熟的西红柿、带豆、青菜。外婆在午后会把西瓜泡在冰凉的井水里。有时卖冰棍的人路过村庄的小道，笃笃敲响木板。外婆在黄昏时用水和盐煮一大篮子土豆。晚上吃完晚饭，早早抱着席子上屋顶平台。夜空中的繁星，密密麻麻。最喜欢躺在席子上看星星，外婆在旁边开始唱赞美诗。这就是童年美景。

这些记忆当然不是想象出来的，也并没有因为经历了时间而变得虚无缥缈。只是它们改变了，消失了，再不会回来。所以想起时更觉得如同一场幻梦。

但愿你拥抱的人正泪流不止

七堇年

记得年初的时候，连续一个月都没有下雨。冬末的寒冷干燥，令人每天早晨醒来时喉咙灼烧。有好几次梦见故乡下着雨，风清雾润，一声鸟啼刺破空山静寂；还会梦见在新西兰南岛的时候，清晨六点，被阵阵浪潮声吵醒，拉开帐篷的一瞬间，赫然望见粉红色的朝霞涂满了海面，湿润的海风迎面扑来，清凉如洗……然而醒来的时候，窗外多数时候有霾，偶尔有风，我困在斗室，盯着外面昏黄的天，一时想不起这是在哪儿。

在越来越了解人与人之间关系的薄弱、游戏规则的冷漠之后，我对许多事渐渐接受得更自然。时间在流，人也在走。一些拥抱曾经在夜里温暖如被，覆盖孤独，几乎令我感到生有可恋，但在那幻觉消失之际，我就已明白，那仅仅是幻觉。

人对抗自身弱点的方式，往往是愚蠢而且不自量力的。一次次走入同一种困局，寻找同一种快感，接受同一种失落。在一次次被那种失落打击得体无完肤之后，人会变得温和、蜷缩，接受长夜有尽、白昼有终。只能用下雨的梦境，润滑生活的枯燥。

两年前的冬末，我在北京认识了一个旅伴。在一个偶然的夜晚，同一辆车上，她坐在副驾驶位，我坐后排。百无聊赖之中，问起彼此喜欢的书。她提起台湾作家胡舒雯，令我刮目相看。对话从这个契合点开始，无边无际蔓延。她聊起一些过去流连过的异国夜晚，气息各异的姑娘们，浓淡各异的酒，冷暖各异的手，深浅各异的海，晨光中醒来时，百叶窗帘透进仿佛信笺那样一行一行的阳光……我坐在后排，盯着她的左肩一角，静静听着，莫名地想起海边的黄昏，圣托里尼岛的落日，雾色弥漫的山林，直布罗陀海峡的桥。我能分辨出她说起旧爱的时候，语气里的困惑、无奈和犹豫。

后来我们有过一次无与伦比的美妙旅行。在美国的阿卡迪亚国家公园，傍晚时分，沿着盘山公路开车到山顶。我们并肩坐在岩石上，看了一场终生难忘的落日。在猩红色的晚霞里，想到眼前史诗般的时刻注定稍纵即逝，平淡枯燥的生活将如其后的漫漫长夜那样孤独难挨，我泪流不止。那是我至今见过的最美最美的黄昏。

我们都躺在生活的手术台上，在命运的无影灯之下，被蛮横解剖。所以，但愿你的旅途漫长，但愿你拥抱的人正泪流不止。但愿你付出的爱，有某种恰到好处的形状，恰能完好地镶嵌在爱人的灵魂空缺处，毫厘不差。但愿你心底的关怀，杯满四溢，又正在被另一个孤独的灵魂渴望着。但愿你记得，在你痛哭失声的时刻，曾有人以肩窝盛满你的泪。

因为这里离天堂最近

木梅

2013 年 10 月的一天，日本一个 70 多岁的癌症晚期患者被家人用轮椅推着来到一家医院，他要看看这家医院的太平间。

医院里的一位护士在得知老人的来意后，随即将其和家人一起带到住院部的最高层，也是这家医院的最高层——第 13 层。

结果，老人的家人既惊讶又有些不满地问道：“带我们来这么高的地方干什么？我们可不是来看风景的！”护士先是一愣，然后笑着回应道：“我知道，但我们医院的太平间就在第 13 层上，因为这里的视野和阳光都是最好的。”

接着，护士把老人和他的家人领到了一个带有窗户的小太平间里，那里布置得相当温馨和精致。老人看着窗外的景色，沉默了一会儿，然后对身边的家人说：“我想死在这家医院，火化前被安放在这里……”

他的家人顿时泪如泉涌，频频点头答应，之后便为老人办了入院手续。

这家医院为什么要把太平间放在最高层，而不是像其他的医院，放在阴暗潮湿的地下室或其他少人涉足的某个偏僻角落呢？医院的负责人给出这样的答复："因为这里离天堂最近，而且有阳光，有风景，不冷寂！"

这家医院名为铁蕉会龟田综合医院，位于东京近郊的千叶县鸭川市内。鸭川市的常住人口只有不到4万人，但铁蕉会龟田综合医院的规模相当大，医院里的医师达400多人，护士等相关人员也近900人。这里常年"患者盈门"，效益非常好，因为有许多患者都是慕名从别处赶来的，这在日本全国上下医院经营状况普遍惨淡的大环境下可谓是一枝独秀了。

"如果你在那里治疗过的话，我保证你一定还想回去住一次。"这是许多曾在该院接受过治疗的人的共同心声。

铁蕉会龟田综合医院成功的秘诀是什么？答案是，尊重患者，一切以患者为先为大，即便他们无药可医了，也要给他们最后的尊严和关怀。

用什么样的表情离开

唐辛子

82岁的“老豆豆”黑柳彻子出了一本新书——《豆豆一个人》，收录了她有关生活、情感、家人、友情等方面的随笔，用日本亚马逊网站的推荐语来说，“这是一本如同宝石箱般的回忆录”。向田邦子、森繁久弥、渥美清、泽村贞子……出现在书里的人物，都是大名鼎鼎的明星或作家。不过，给我印象最深的，是书末那篇《一个喜剧女演员之死》，记述的是喜剧女星贺原夏子的故事。

“一想到死，因为至今没有体验过，真是有点怦怦心跳呢！虽然演过很多死去的角色，但只有真正地死去，才能知道那些演技是不是正确的。只是，等到知道的时候，却又已经死去了，这可真是没有办法的事啊。”贺原夏子一边大口吃着盘子里的意大利面，一边兴高采烈地告诉坐在餐桌对面的“老豆豆”，说她3个月前刚做了一个腹部开膛手术：“那啥，突然觉得腹部疼痛，我以为是妇科病呢，到医院一看，医生说，得马上动手术。真是大吃一惊，但没有办法，就动了个手术。可医生打开我的腹腔后，发现里面已经布满了癌细胞，无从下手，手术没法做，只好马上又将打开的地方缝起来了……哎呀，这意粉味道真不错。”

贺原夏子边说边吃，一副津津有味的样子，“老豆豆”则听得目瞪口呆，食欲全无。

次年 1 月，一直惦记老友病情的“老豆豆”给贺原夏子打电话，却被告知她已经在全国公演的途中。贺原夏子全国公演的最后一个剧目，是《毒药与老女》，3 个小时的舞台喜剧，她一个人从头到尾完整地演完。幽默滑稽的表演，博得观众一阵接一阵的笑声。不过，在充满欢笑声的观众席上，还有几位捂脸号哭的观众——那是医院的护士们。只有她们知道，每一次演出结束，贺原夏子必须马上赶去医院。癌细胞的扩散，令她的腹腔内蓄满了腹水，每次在医院都得抽出 4 升左右的腹水，才能缓解腹部疼痛。

但是贺原夏子坚决不使用替身，因为观众花钱买票是来看她本人演出的。而且，对于自己的病情，贺原夏子也不允许医院和身边的人向外界透露一点儿，她不想收获任何同情。再说，观众是来看喜剧的，不是来看悲剧的。“放心，我不会死在舞台上的。”贺原夏子说。喜剧演员死在舞台上这么难看的事，她是不会做的。

1991 年 2 月 20 日，贺原夏子在东京的医院病逝，享年 70 岁。临终前，贺原夏子特意为自己的葬礼留下了遗言：“好短的葬礼呀！真不好意思，我一直不知道自己应该用什么样的表情死去才好！”

喜剧演员贺原夏子对待生死的态度，让我想起邻居稻村夫妇。66 岁的稻村先生，退休之后爱上园艺，因此，我家院子四周的树篱，还有大门前一棵松树，都交给稻村先生帮忙打理。2014 年年初的一天，稻村先生突然来跟我打招呼，说他将离开一段时间。“也许是小别，也许是永别。”稻村先生笑着告诉我，他被查出身体里有两处癌细胞正在扩散，必须住院做手术。

樱花季节到来的时候，稻村先生住进了医院。比稻村先生年长 7 岁的稻村太太，并不打算陪床，而是决定一个人去环球旅行。动手术的前一天，稻村先生特意来跟我告别，说：“已经到了中期，所以它们需要修剪一下。”稻村先生说这句话时，做了个修剪的手势，语气轻松得仿佛在谈论他栽培的玫瑰。他又告诉我，已经收到稻村太太在旅途中寄来的明信片：“海上的日出真美！我替你多看了好几眼。”

那座山，让我知道我已老

〔巴西〕保罗·科埃略
夏殷棕　译

我选了一座山来测试自己的极限。我踏上了比利牛斯山朝圣之旅，当看到远处一座叫都界指的山时，我自言自语：“好，今天反正没有其他什么事情，就爬这座山吧。”

从远处看，走到山脚并不困难，可是我却花了九牛二虎之力才到达山脚。一看时间，还有五个小时可以爬这座只有两千米高的山。小事一桩！于是我开始爬了，没多久就迷了路，没有水、没有食物，什么也没有，可最终，我还是爬上了山顶，在山顶上眺望，时值夏季，没有雪，我不知道返回的路，我也不愿意走回头路。四个小时过去了，我已经筋疲力尽，更何况“上山容易，下山难”，于是我便一屁股坐下来。我想吸支烟，但一想，不能吸，我得保存自己的体力。

这时我看到远处有一座城市，我就往那个方向下山吧。

可是没走多久，就看不见那座城市了，我说："天哪，我要死在这儿了！"不过转念一想：还好，不算太糟糕，能死在一座山上，冬天不久就会到来，我的尸体会被冰雪覆盖，我会成为一个传奇。

最终我还是走到了城市，可是那一夜我却怎么也睡不着，我的全身处于紧张状态，已经超出了能够承受的极限。

第二天，我给夫人打了个电话："昨天，我在一座山里迷路了，差点死掉。"

她说："保罗，你真棒！不过，请不要老是打电话，这个月我们的电话费用得太多了。"听了她的话，我想：我差点死掉了，她却因我打个电话而抱怨电话费太多。我只好苦笑。

从此之后，我认定，这座山会告诉我我是否已老。

因此，一年一次，我会回来爬这座山。终有一天，我会爬不动这座山，这一天到来时，转折点也就到了，这告诉我，我不能再以这种方式挑战自己的身体，我需要找到其他的方式。

我会找到其他的方式。

一个意想不到的签名

李威　译

汤姆·斯通希尔驾驶着汽车在公路上已经行驶了好几个小时。行驶中，他突然感到一阵内急，急切地想找个厕所方便一下。然而，此刻已是深夜，路边所有的加油站都关门了。无奈，他只得继续向前开，希望在前面能找到厕所。但是，又开出很长一段距离，仍旧没有发现厕所，此时，他已经忍无可忍了。最后，汤姆决定离开公路。于是，当经过第一个小镇的时候，他把车拐了进去。在镇上，他一边开着车，一边极力地寻找一个有简易公共厕所的地方。

车开了好一会儿，汤姆才看到远处闪烁着点点灯光。顿时，他感到一阵惊喜，他确信那是一家 24 小时营业的杂货店。但是，当离那个地方越来越近的时候，他终于看清了那个地方，原来是一家殡仪馆。他原先的惊喜一下子消失了，随之而来的是犹豫，他有些不想进殡仪馆，但是，内急令他越发地难受了，眼看就要憋不住了。因此，他顾不上太多，径直将车开到了殡仪馆门口，停好车，向里面走去。

然而，让他意想不到的是，他一进到里面，就受到了正在办理丧事的人们热情的欢迎。丧仪负责人格里福特一见到汤姆，就立即迎上前来，对汤姆说道："欢迎光临。请您签个到，好吗？"

"嗯？"

汤姆满腹狐疑地看着丧仪负责人，他实在想不明白为什么用一下洗手间还必须签下自己的名字。因为急着要上厕所，他不想再纠缠下去，于是，就按照他们的要求签下了自己的名字。签完之后，他刚要张嘴问男厕所在什么地方，却又听格里福特说道："请把您的详细地址也一并写下来。"

"啊？你们为什么还要我的地址？"汤姆越发地迷惑不解了。

"请写吧，先生，把您的地址写下来吧。"格里福特答道。

"可是，这究竟是为什么啊？"汤姆一边兀自嘟哝着，一边无奈地写下了自己的住址。写完之后，汤姆直奔男厕所。

上完厕所回来，汤姆在死者的遗像前停留了片刻，向他行了个礼，表达了一下敬意。然后，他就走出了殡仪馆。

三个星期之后的一天，汤姆接到了一个陌生人打来的电话，那人在电话中自称是一名律师。"汤姆先生，几周前您曾到过一家殡仪馆。现在，我就代表他们和您说话"，那人说道，"请您务必于本周四下午两点钟到我的办公室来一下。"

闻听此言，汤姆顿时大吃一惊，他惊恐地问道："先生，请您告诉我，我做错了什么事吗？我要不要请一位律师啊？"

"哦，不，没有那个必要。"那位律师肯定地告诉他，"您只要按时来就行了。"接着，他把自己的地址告诉了汤姆，然后便挂断了电话。

在接下来的几天里，汤姆可以说是寝食难安，焦虑不堪。“我究竟做什么了呢？他们为什么非要让我去？”他喃喃自语道。转眼，星期四到了。那天下午，他怀着忐忑不安的心情，驾驶着汽车前往那位律师的办公室。

按照那位律师给的地址，汤姆找到了那栋办公楼。来到那位律师的办公室门前时，汤姆紧张得心怦怦直跳。他稍稍地镇定了一下，屏住呼吸，轻轻地敲响了房门。

“请进！”秘书应道。

汤姆推门走了进去。这时，那位律师也从里屋走了出来。两人正式做了自我介绍之后，汤姆随律师走进了里屋的办公室。一走进办公室，汤姆不禁惊讶得张大了嘴巴。原来，他曾经在小镇遇到的那位丧仪负责人格里福特先生也在里面。

“请坐！”律师做了个手势，示意汤姆坐下，接着，他又说道，“经授权，我代表法院宣读斯坦利·莫罗先生的临终遗嘱。”

说完，他拿起那本汤姆曾经在殡仪馆签过名的来宾签到簿，转过身问丧仪负责人格里福特先生道：“是这个人在这上面签的名吗？”

“是的，就是他。”格里福特先生答道。

于是，律师又转过身来，注视着汤姆，说道：“我猜您一定不认识莫罗先生。他是一个非常富有的人，拥有这个小镇大部分的产业。但是，他在镇上没有任何亲人，镇上的人们也都不喜欢他，甚至连与之交往都不情愿，可以说是对他敬而远之。临终前，莫罗先生指定我做他的遗嘱执行人。”

说到这儿，律师拿起一份文件，继续说道：“这是我起草过的最简短的遗嘱了，内容非常简单。下面我就来宣读一下：‘我知道，大家都对我恨之入骨，而且，在我生前，从来没有人从我这里得到过一分钱。所以，凡是前来参加我的葬礼的人，显然都是对像我这样的一个老傻瓜报以同情之心、怜悯之意的。因此，我决定将我所有的财产以及所有的产业平分给前来参加我葬礼的人。’”

读完之后，律师抬起头来，直视着汤姆，严肃地说道：“汤姆先生，您知道吗，您是唯一一位在签到簿上签了名的人，所以……”

只干有建设性的事

闫红

昨天在办公室碰到老马，她照例打开手机相册，向我展示她最近的画作，并得意地介绍，这幅有人想要重金收购，那幅准备拿去参展。诚实地说，我对她说的这些既不懂，也不关心，我更感兴趣的是她的形象：一件黑底红格子直身裙，搭黑色短靴，50 岁的人，身材不但没有走形，比前几年似乎还更多了些曲线美。我心有旁骛地听着她的念叨，暗想，原来真有“逆生长”这种事的。

呈现在我眼前的老马是好看的，比我刚认识她时好看。

初见她是在十几年前，她是报社编辑，我经常在她主持的版面上发表文章。有一天我到编辑部做礼节性的拜访，得以与她见面。当时的她太像电视剧里的政工女干部了，齐耳短发，衣着整齐而保守，沉重的塑料框架眼镜完全遮蔽了五官，她笑得十分和蔼，说：“你就是闫红啊，不错不错，写得不错。”

太和气的人，常常会被人不自觉地看轻，以为他们是缺乏能力才不得不笑脸迎人。我承认，初见老马时，我感谢她平易近人的同时，心里也不觉藏了些这样的势利。一年多之后，我成了她的下属，这使我有机会纠正之前的错觉。老马没那么和蔼，倒是挺有才，还是那种比较犀利的才华。

她是浙江金华人，中医学硕士，毕业后当了医生，因为喜欢写杂文，转行来报社当了副刊编辑。这经历与鲁迅先生多有相似，但她的行事作风，却与先生大相径庭。鲁迅先生虽然声称“一个都不原谅”，日常生活里对人和善、体贴却是有口皆碑的，老马则没有这份细腻，心直口快。

以我和老马的亲密关系，不懂得婉转的她，得罪我的次数当然最多。我虽是她的下属，却经常当场吵回去，老马的卓越之处这时就显现出来了，她并不一定要做“说最后一句话”的那个人。有时闭嘴，有时就讷讷来一句“你倒是挺会说的”，结束了这场争执。之后并不记仇，好像什么事都没发生。

见老马雷声大雨点小，我就对自己说，这是个好人。但前面说了，好人也没什么了不起的，老马真正让我刮目相看，还是从她炒股开始。

好了，不要猜了，接下来的情节并不是老马在股市上呼风唤雨，赚得盆满钵满，相反，在股市最为风云变幻的那一年，她也不知道受了谁的蛊惑，一个猛子扎进去，便被巨大的浪头冲得找不着北了。当时也未见她情绪变化，只听她说“亏了”，没说亏了多少，显见得亏了不少。

对一贯省吃俭用的老马来说，这亏损实在巨大，足以成为她人生的分水岭。之后我们看到的她，跟以前判若两人：笨重的塑料框架眼镜不见了，换成了细金边的，她原来竟是一个眉清目秀的人；发型变化不大，只是染成了深棕色，我不能说有多洋气，但这起码是一个信号，让人知道，这是一个清楚自己性别特质的女人；变化最大的，还是她的生活态度。之前的老马，是一个很典型的女书生，除了上班、看书，百事不理，这之后，她的社交面也扩大起来，成了本地文化圈子里重要的一分子。

旁观了老马变化全过程的同事目瞪口呆，均不知是什么力量能让一个女人发生这样大的变化。有一次和老马一道去某地，我提到这种疑问，她呵呵一笑，说，她有这个变化，全拜炒股所赐。这次股灾，她损失惨重，亏掉的那笔钱，差不多可以全款买套两居室。过去她完全没法想象这样一种损失，经历了，发现也没什么了不起，再想买什么东西而舍不得时，她会对自己说："我曾经亏掉那么多钱，也没有影响我的生活，花这点钱又能怎么样呢？"如此一想，活得就比以前随性多了。

她的生活因此洞开，过去以为必须坚守的东西，现在被她轻易跨过，她借助一次失败的炒股，升华了自己的人生。

这不是谁都能做到的事，我觉得我就很难做到，我没有把损失变成契机的能力，相反，倒有可能绊倒在挫折上。虽然我也知道，这样是自找不痛快，但是，这世上，有几个人能真的做到知行合一，让所思与所行步调一致？跟老马说起这个，她说："没有'不能知行合一'这件事，你不能做到，是因为不能真的懂得。"我有点儿懵懂地回味着这句话，还没有想明白，又有一件大事发生在老马身上。

我前面说了，老马是我的领导、部门主任。但在她45岁那年，单位机构调整，她卸任副刊部主任一职。这种安排是从单位大局出发，但作为个人，通常很难接受。

老马却非常平静甚至是不无期待地接受了这个安排，因为她给自己做了更好的规划。后来她对我说，她当时想了两条路，一是回归老本行，去做个医生，但当初放弃，就是因为不够喜欢，不选择也罢；第二条路是做一件全新的事，学画画。她没有画过画，但很喜欢，即使投入大而且不见得有回报，那过程也是快乐的。作为一个行动派，她想好了立即就会去做，在这样一个宏大理想的推动下，“不以物喜，不以己悲”也成了一件不难做到的事。

前面说了，老马的画我不懂，只是听懂行的人说，她进步飞快。我能看明白的是另外一些事，首先，她变得很忙，每天早晨一睁眼翻朋友圈，我总见她在那里晒自己的早课，她一般 5 点钟起床，站着画上一两个小时的画。这是一个力气活，为了让体力跟得上，不画画的时候，她很注意锻炼与养生，经常步行数公里，又成功地达到了瘦身的目的。

其次，她变得很快乐，时刻都有种在路上的昂扬。我不由自省，为何我比老马年轻，倒成天一脑门官司？是否因为我不像她那么爱学习？学习是一件具有飞跃姿态的事，它轻而易举地越过世间琐屑，翱翔在透明湛蓝处。

归根结底，老马能够化腐朽为神奇，还是因为她只做有建设性的事。这可不容易，负面情绪比正面情绪更有诱惑力：推诿可以减轻压力；郁闷与悔恨可以使我们不用立即直面人生；纠缠于细枝末节，就可以装作看不见那些更为重大的命题。负面情绪是一张温床，尽管知道赖床只会让人越来越沮丧，我们却缺乏一跃而起的勇气。

我曾向老马请教她何以能做到摒弃负面情绪，她说因为她曾经是个肿瘤科医生，见多了生死，知道孰重孰轻，琐屑烦恼终究会成为过眼云烟，不断做事的过程，却能带来货真价实的快乐，令人不知老之将至。她的话让我羡慕，说到底，每个人能拥有的只有自身、自身的现在，而一个只做有建设性的事情的人，永远持有最好的现在，再由这些现在，攒成最好的未来。

我们终于可以平静地说起死亡

阿娟

老头儿前两天出院时，开玩笑说这是抗癌一周年的纪念日，应该庆祝一下我们取得的阶段性胜利。于是我们一起去吃了老北京涮锅，他最近好这口儿。

去年“五一”后，老头儿确诊为肺部小细胞癌，中晚期。当时，只有老四一个人在场，听医生宣布这个冰冷的消息。

据我妈讲，老四那天下午从医院出来后便开着车到处乱转，一直到很晚。回到家后，他把烟一根根点燃，吸两口又摁灭，又不断地点，不断地灭。后来又怪我妈不细心，朝夕相处都没有发现异样。他整个人因为太痛苦，甚至连脸上的肌肉都有些扭曲。

确诊后的第三天，他才告诉我结果，我在电话里反复问他是不是在跟我开玩笑，他只好将医院的诊断证明发给我。我坐在公司洗手间的地上，蜷缩成了一团。

过了很久，我翻他的微信，才注意到确诊当晚，他拍了一张医院住院部的照片，只写了一句话：“一辈子都不想再来的地方。”

然而，我们接下来的这一整年却成了医院的常客。

我大哥比我大 20 岁，老四大我 10 岁，一直以来，他们对我的手足情其实更像“小爸爸”的宠爱。这些年，他们给我的安全感不用多言。然而，当老头儿确诊后，我第一次看到哥哥们的脆弱和无助。

有一天晚上，我们几个在医院旁边的宾馆里哭成一团。原来，在老头儿面前，我们无一例外都是长不大的孩子。他在，我们安心，他痛，我们溃不成军。

刚开始的时候，我们对老头儿隐瞒了病情，告诉他是阻塞性肺炎。他没有怀疑。经过在医院 20 天的治疗，老头儿在家休养了一段时间后，高高兴兴地去三亚看海了。

从三亚回来，老四直接带老头儿去医院复查，其实是做第一次化疗。当时医生的意见已经很明确，如果不做，大概就剩 6 个月的生命期。而即使治疗，也无法保证效果。我们几个当时的意见很统一，要治。

然而，第一次化疗做 B 超检查时，老头儿就看到了自己的检查结果，脾气顿时变得暴躁。老四后来跟医生一起演了一出双簧戏，说那是制式表格，才让他平静下来。

第二次化疗时（20 天一次），跟老头儿同住一个病房的大叔非常热情，不断地跟老头儿拉话，且直接说自己就是肺癌，是来化疗的。有一次我听见他跟老头儿对比他俩的药物，赶紧拉着老头儿去吃饭。

但那次之后，老头儿似乎就确定自己得的是癌症了。回家之后，他开启了自闭模式，消极地等待死亡，还美其名曰自己生无遗憾，不愿意在医院受折腾。

之后随着我开始运营“爸爸的苹果”这个项目，他的注意力从自己身上转移到了我身上，好像也逐渐习惯了生病这件事。

特别庆幸的是他对化疗基本没有什么不良反应，病灶得到控制，并且缩小。我们去医院的频率也从 20 天一次降到了 30 天、40 天一次，甚至有过两个月才去一次的记录。连医生都很惊讶。

老头儿在医院逐渐有了自己的朋友圈，由于治疗效果显著，在病友中有了一个外号——“教授”。他在心理辅导方面的“工作”比较出色，以至于有个病友，每次去医院都要跟老头儿约好时间。

后来我逐渐明白，他在鼓励别人的时候，也是在开导自己。

除了病房，我在医院最常待的地方便是电梯口的那排椅子了，那个地方也紧挨楼道。

楼道在医院是一个树洞式的存在。

它除了承载交通作用外，另一个重要的作用便是真实情绪的出口。所有在病房克制的情绪，在楼道里都得以释放。我曾经在那里用手指头把裙子抠出了一个洞，却毫无意识。

去年冬天，老头儿觉得身体已经完全康复了，嚣张得不行，天天脚底跟抹了油似的，早出晚归摸麻雀（一种牌），刚开始是偷偷抽烟，到春节那段时间，牌场一坐一天，一天有时候能抽两包，我们怎么拦都拦不住，他的老伙伴们还在后面起哄说什么人生需尽兴。

对待他抽烟的态度，家里分成了两派，老大、老二、老三觉着爹怎么高兴怎么来，我跟老四、老妈还有几个嫂子坚决反对。

他开始咳嗽、胸闷，又感冒，去医院检查，果然又得了肺炎，病灶有扩大的迹象。这次也没有人督促，他自己把烟戒了。

3 月份去检查的时候，老头儿知道了自己的病是恶性的，回来后一直闷闷不乐。

有次我进门撞见侄子躲在屋里边打电话边哭，我以为他是跟女朋友闹别扭了，便自觉退了出来。后来我俩聊天，他说是自己那天看到爷爷一个人在路上走着，很孤单的样子，又不知道怎么才能让他宽心，很害怕。

“一些关口是需要他自己去过的，我们其他人再怎么着急也没有用。”我不知道自己安慰他的方式对不对，“我们有一天都会死，化为其他分子，存在于土壤里，散布于身边的每一寸空气里，可能又会组成其他生物。”

那段时间，我没有跟老头儿说任何安慰的话，直到那天我俩一起给树刮腐烂病时，他突然张口：“树的腐烂病，就跟人的癌症一样，治不好。”

“那咱俩在这儿干吗呢？你看这树都被锯掉一半了，每年还开这么多花儿，结那么多果子呢。”

没几天，他便开始晨跑。

一天，老头儿、老妈和我在果园里种菜，说起最近去世的一个表叔。我说：“老汉，我将来要在你坟头上栽一棵苹果树。”

他说：“好啊，我渴了就上来摘个苹果。”紧接着，他很认真地问，要是被羊啃了怎么办。

“小事，我接着栽呗。妈，给你种两棵枣树。”

“你个没良心的，盼着我死呢？”老妈把手里的东西朝我扔了过来。

“等我死了，把我一半儿骨灰埋果园里，另一半撒大海里，我想去哪儿就去哪儿了。”我说。

这次来医院，医生建议换治疗方案，我和老四发生了很激烈的争吵，他太担心变化带来的不确定性。

最终倒是老头儿出面平息了战火，他决定接受医生的建议。目前看来治疗效果还不错，整个人精神状态也好了很多。

出院那天晚上给他泡脚时，我俩聊天，一致认为一定要掌握主动权，不能因为害怕这害怕那而拒绝变化。

最后，我跟他保证，如果真的到了那一天，我们一定不会让他痛苦，为了活着而活着，会完全尊重他的选择。

乱七八糟写了这么多，也算是我们抗癌一年的总结吧。

其实主要就几个点：

珍爱生命，远离烟草。老头儿一辈子身体康健，连感冒都很少，他的病因只有一个，那就是长期抽烟。

只有尽人事了，才有底气安天命。我们已理解死亡是生命的一部分，但还能好好活着的时候，绝不会放弃享受生活的机会。

对癌症的恐惧感对身体的杀伤力远远大于癌症本身，最好的选择是真正接受并面对，然后去解决问题。

家里有一个重症患者，其实非常考验一个家庭的协作能力。我庆幸我们一家 21 口人，这一年表现出来的彼此理解和支持，爱与被爱。我们比以前任何时候都更加珍惜彼此，我们终于学会对自己最重要的人不再沉默。

正如《第七封印》中的经典台词：“如果在这个不完美的世界一切都是不完美的，爱是完全不完美中最为完美的。”

房东太太的人生哲学

日本百合

在日本的时候，我们住着房东长子的房子，与房东老人同住一个院子。两个孩子还小的时候，他们替我看过孩子，老太太下地干活，我也常常带孩子们去帮忙。每天和老人家打交道，在朝夕相处间建立了很亲密的关系。在愉快相处中，我很幸运地从老人身上学到了很重要的人生道理。

永远把碗装满再还

房东老先生前两年身体垮了，现在住在养老院，家里只剩下老太太一个人。想到老人一个人不方便，我做了好吃的东西，都要送一碗给老太太。老太太总是乐呵呵地收下，过两天后上门还碗道谢，那只碗从来都是满的。有时装的是自己收获的蓝莓，有时是给孩子们的巧克力，有时是两块点心，总之她从来不还空碗。老太太从未讲过她的人生哲学，但是用行动告诉我：接受了别人的好处，光用嘴道谢还不够，一定要用实物来还，哪怕是不贵重的小东西。

今天的事决不拖到明天

自从我认识房东老太太，就觉得她很忙。每天有多少人来找她，就有多少事情要做，所以每当家里有东西坏了需要修理的时候，我都很为难。但是只要我鼓起勇气开口一讲，老太太马上放下手里的事情，当即联系人给我修理。无论多麻烦，无论花多少钱，老太太从不拖延。也许她知道，心疼目前的这点小钱，或者把问题暂且放一放，只会使事情朝更坏的方向发展。让人不愉快的事情都要立刻解决，越拖延越难办。

活到老学到老

日本神社里要用一种山茶科的、绿油油的树叶做装饰。老两口当年种了很多这种树，这种树叶卖得比花还好。虽然现在早就不做这类生意了，但由于以前积累下了良好信誉，一些神社还是喜欢要他家的。老太太接了神社的电话就去山上砍树枝，然后用小卡车运回来在自家车库里修剪。老太太一连几个小时做这个活儿，觉得很浪费时间。于是，她买来了朗读日本古典文学的光盘，一边剪枝修叶一边听。当轻柔的女声第一次回荡在车库里的时候，我们全家都震惊了。初中毕业的老太太干了一辈子农活，当了大半辈子大地主，有着万贯家产，近 80 岁了仍然在车库里一边干农活一边听古典文学朗诵。继续学东西不会使她更富裕，但是会使她精神更充实。

恰到好处

〔日〕村上春树
施小炜　译

我已经有了一定的年纪，但绝对不管自己叫“大叔”。是的，确实该叫“大叔”，或者该叫“老爹”了，毫无疑问就是已经到了这样的年龄，可我自己不这么叫。若问什么缘故，那是因为当一个人自称“我已经是大叔啦”的时候，他就变成真正的大叔了。

女人也一样。当自己声称“我已经是大婶啦”的时候（哪怕是玩笑或者谦虚），她就变成真正的大婶了。话语一旦说出口，就拥有这样的力量。真的。

我认为，人与年龄相称，自然地活着就好，根本不必装年轻，但同时也没必要勉为其难，硬把自己弄成大叔大婶。关于年龄，我觉得最重要的就是尽量不去想。平时忘记它就可以。万不得已时，只要私下里在脑袋尖上回想一下就够了。

每天早晨在盥洗间里洗脸刷牙，然后对着镜子审视自己的脸。每一次我都想：唔，糟糕，上年纪啦。然而同时又想：不过，年龄的确是在一天天增长。呃，也就是这么回事吧。再一寻思：这样不是恰到好处吗？

虽然不是那么频繁，但走在路上时偶尔有读者向我打招呼，要跟我握手，还告诉我："很高兴能见到您。"每一次我都想说："我每天早晨都对着镜子观察自己的脸，每一次可都厌烦到了极点。"他们在街角看到了这样的面孔，又有什么可高兴的呢？

话虽这么说，倒也并非全是这样。假如这个样子多少能让大家开心一点儿，我也非常开心。

总之，对我来说，"恰到好处"成了人生的一个关键词。长相不英俊，腿也不长，还五音不全，又不是天才，细想起来几乎一无是处。不过我自己倒觉得"假如说这样恰到好处，那就是恰到好处啦"。

这不，要是大走桃花运的话，只怕人生就要搅成一团乱麻了；腿太长的话，只会显得飞机上的座位更狭窄；歌唱得好的话，就怕在卡拉 OK 里唱得太多，喉咙里长出息肉来；一不小心成了天才的话，又得担心有朝一日会不会才思枯竭……这么一想，就觉得眼下这个自己不也很完美嘛，何况也没有什么特别不方便的地方。

如果能不紧不慢地想到"这样便恰到好处"，那么自己是不是已经成了大叔大婶，就变得无关紧要了。不管多大年纪都无所谓，无非就是个"恰到好处"的人罢了。常常对自己的年龄左思右想的人，我觉得不妨这样思考。有时也许不容易做到，不过，让我们一起努力吧。